全民微阅读系列

水中望月

秦德龙 著

江西高校出版社

图书在版编目(CIP)数据

水中望月/秦德龙著. —南昌:江西高校出版社,2017.9(2020.2重印)

(全民微阅读系列)

ISBN 978-7-5493-6074-1

Ⅰ.①水… Ⅱ.①秦… Ⅲ.①小小说—小说集—中国—当代 Ⅳ.①I247.82

中国版本图书馆CIP数据核字(2017)第225550号

出版发行	江西高校出版社
社　　址	江西省南昌市洪都北大道96号
总编室电话	(0791)88504319
销售电话	(0791)88592590
网　　址	www.juacp.com
印　　刷	永清县晔盛亚胶印有限公司
经　　销	全国新华书店
开　　本	700mm×1000mm　1/16
印　　张	14
字　　数	180千字
版　　次	2017年10月第1版 2020年2月第2次印刷
书　　号	ISBN 978-7-5493-6074-1
定　　价	36.00元

赣版权登字-07-2017-1179

版权所有　侵权必究

图书若有印装问题,请随时向本社印制部(0791-88513257)退换

目录 / CONTENTS

父爱　　/001

父与子　　/004

情愫　　/007

当童工的孩子　　/010

一支铅笔的社会关系　　/012

我们的明天　　/015

我们向往大城市　　/018

山的泪流满面　　/020

老北　　/023

小神刀　　/026

谁是真英雄　　/028

犯人吃肉　　/030

夜火车　　/033

徒弟送礼　　/036

把根留住　　/038

陈杂种　　/041

尿素裤　　/043

胡大喷　　/046

忘年交　　/049

姑嫂俩　　/052

目标在后面　　/054

老兵　　/057

正步走　　/060

水中望月　　/062

电梯里　　/064

大头　　/066

哥从梦里来　　/069

老丈人　　/073

借手表　　/076

记忆力　　/079

晨练的人　　/082

卖面具的人　　/084

老穆获奖　　/087

慈善秀　　/089

冯老踹　　/092

腰带松　　/095

老黄和老二　　/097

你要证明你自己　　/100

广场舞　　/103

孟老大　　/106

卖空气　　/108

路人乙　　/111

盲人协会　　/113

慢通道　　　/116

全家福　　　/119

批评者　　　/122

苏坏水　　　/125

疏离的女人　　/128

立地成佛　　/131

幸福药片　　/133

留胡子的村庄　　/136

"一次性"时代　　/139

谁害了他　　/142

噪音时代　　/145

打疫苗　　　/147

糊涂蛋　　　/150

向老孟学做梦　　/153

面带笑容　　/155

说谎的人　　/159

手机号　　　/162

严肃的人　　/164

老干部　　　/167

老神经　　　/171

罗瑟尔　　／174

你死不了　　／176

股票大师　　／179

不爱说话的人　　／182

朋友圈　　／185

换个角度看人生　　／188

寿字幅　　／191

吴半仙　　／194

礼品盒　　／196

第100个　　／199

眼疾　　／201

老孟的想法　　／204

老人商店　　／207

他们要吃　　／209

最大的愿望　　／212

水煮鸡蛋　　／215

父 爱

父亲如前些天那样,推着自行车,出了家门。父亲要到十几里外的拘留所去,那儿羁押着他18岁的儿子。他也不知道,儿子要被羁押多久。没人告诉他。

先到镇上买三个烧饼。他吃一个,又要了碗白开水。如果,儿子能被放出来,就让儿子吃两个。如果,看不见儿子,他再吃一个。剩一个,带给老伴儿吃。总之,他一天只吃两个烧饼,只喝白开水。

如果不先到镇上买烧饼,他就要挨饿。因为,再也没地方买到干粮。

十八天了,天天都是这样。

这一天,他又像往常那样,在拘留所的门前,蹲了一天。

他已经来了十八天,还是没见到儿子。

据说,儿子犯的是杀人抢劫罪。镇东头小卖铺的女老板,被人捅死了。当然,罪犯还抢了东西。办案人员一口咬定,是他儿子所为。不是他儿子干的,又是谁的儿子干的?他是个下台书记,最有可能指使儿子干坏事。不容他分辨。于是,儿子就被抓走了。

其实,那些人对儿子下毒手,不止这么一次。所幸的是,儿子受点皮肉之苦,总能洗清自己。

同样,这事不是儿子干的,是那些新上台的人,找个理由整

他呢。

他相信儿子能从拘留所出来。

他也知道,儿子只要承认了,必死无疑。杀人偿命,哪朝哪代,都是这个道理。后来,案子破了,他这才知道,两个杀人抢劫犯都伏法了。当然,这是后话。

现在,他只有一个想法,接儿子,儿子一定能出来。

等啊等,他一直在拘留所门前等。

已经十九天了。每天,他都这样:渴了,他就讨一碗凉水,润润嗓子。饿了,却无论如何也舍不得吃留给儿子的烧饼。

儿子终于出来了。

第十九天的上午十一点,儿子顶着烈日,从拘留所出来了。儿子的眼睛,还不能适应阳光下的一切。但儿子看见了父亲,快步走过来,抱住了父亲。

他没有动。这个铁打的汉子,手抚自行车座,轻声说:"儿,出来了?给,先吃一个烧饼。"

儿子接过烧饼,狼吞虎咽,三口两口,就把烧饼吃了。

"儿,再吃一个烧饼。"他又摸出来一个烧饼。

儿子这回不再狼吞虎咽,而是细嚼慢咽,看看父亲,咬一口烧饼。

回家的路上,他用自行车带儿子。十几里山路,骑自行车,总比走快。

然而,上坡的时候,他却带不动儿子。儿子要从后座上下来,他不让。他就让儿子坐在后座上,推着车子。不,推着儿子。

儿子看着他微驼的背影,默默地哭了。

儿子说:"爸,杀人抢劫那事,不是我干的!"

"我知道不是你干的!真是你干的,你也出不来!"又说,"好样的,你没有屈打成招!"

儿子失声大哭。

他停住自行车,对儿子说:"儿,哭吧,哭个够!"

十几里山路,走走停停,他们走不动啊。直到傍晚,他才推着儿子,进了镇子。

"爸,我想喝(吃)烩面。"

他慈爱地笑了。他把车子停在一家小饭店门前,为儿子要了一碗烩面。

儿子嗞溜嗞溜地喝着,喝得满头大汗。

儿子很快就喝完了。儿子舔舔嘴唇说:"爸,我还想再喝一碗!"

"喝吧,撑死了,也喝!"他痛快地说。

他就坐在儿子的对面,看着儿子满嘴喷香。

他想象着儿子在拘留所里受的那些罪。

他的眼睛潮湿了。

"爸,您怎么哭了?"

"没有啊……没有!"他擦了把眼睛,"儿,你回来了,爸是高兴呢!"

出了饭店的门,儿子对他说:"爸,让我带您吧。"说着,儿子抓过了车把,偏腿跨在了车座上。

他笑着,坐到了后座上。

儿子的车,骑得飞快。儿子带着父亲,骑得飞快。

父与子

这真是一件不可思议的事情。儿子已经长到他的肩膀高了,却总是和他对着干。好像儿子就是这么当的,永远和他对着干,永远和他唱对台戏。

他曾经问过朋友,这是怎么回事?

朋友笑道,就是这么回事,这才是父子啊。

朋友甚至说起了古希腊弑父的故事,说得津津有味。朋友说,儿子和老子针尖对麦芒,天经地义。

他吓了一跳,他可没想到这层意思。他也不相信儿子会杀他。说老实话,他不想与儿子为敌,或者说,他不想让儿子与他为敌。于是,他在心里做出了妥协。儿子大了,打也打不得了,打也打不动了,儿子想怎么办就怎么办吧。

儿子的目光不再敌视。

儿子在他面前骄傲地宣称:五年,我要让您刮目相看!

他不知道儿子将怎样开始行动。但有一条他可以确认,儿子绝不会胡来。儿子身上毕竟有他的基因,血管里毕竟流淌着他的血液。

儿子成了无拘束的小鸟,在天空中自由地飞翔。他当然不会对儿子彻底放心,总想知道儿子心里藏着哪些秘密。有时,他会站在儿子的卧室外倾听,甚至打算跟踪儿子。

儿子宣布,不经过允许,谁都不能擅自进入属于自己的房间。

儿子还买了一本加锁的日记本,躲在自己的房间里写日记。儿子出门的时候,总要冷冷地剜他一眼,那意思很明白,不许他成为难看的尾巴。

儿子渐渐地长大了。

有一天,他骑车走在街上,发现儿子掐着香烟立在马路旁。儿子似乎没看见他。儿子心不在焉地盯着一个路口,偶尔吐出一个很漂亮的烟圈儿。他轻轻地来到儿子的面前,出其不意地问:"香烟的味道很不错吧?"

儿子哑然失笑,掐灭了香烟。

他骑车远去,相信儿子会找机会同他说点什么。吸烟有什么好处呢?没有任何好处。他就不吸烟,而且不喝酒。他只喝白开水,每日粗茶淡饭,心情特别宁静。

但是,儿子并没有对他作任何解释。

儿子压根就不提这件事,只是再未让他见过吸烟的场景。倒是他频频找儿子谈话,问这问那,都是关于电脑和网络的话题。在这方面,他是个文盲,不得不求教于儿子。儿子是个电脑高手,无师自通,没有解决不了的难题。

他不得不佩服儿子。

他已经发现儿子的一个特性。儿子同他说话的时候,从来不像小孩子似的仰望他。儿子同任何人说话,都是平视对方。是的,再精明的人讲话,儿子也会与对方平视。同样,如果有愚钝的人在场,儿子也是平视。

他感到了欣慰。

儿子成熟了。

五年的时间过去了,他没有忘记儿子当初的宣言。现在,他已经承认,儿子在许多方面,是他的老师,他连给儿子打工的资格

都不够。家里那台电脑,早就被儿子玩烂了,硬件升级过 N 次了,软件也升级过 N 次了。

他已经过了"知天命"的年纪,正在向"耳顺"的阶段靠拢。看什么事,都顺眼了,都从善如流了。他心宽体胖,整日穿着平跟的老布鞋,四平八稳地在街上晃荡。

儿子已经成了家,也买了车。他不知道儿子整天忙些什么,也不问,问了也不懂。

偶尔,儿子也会陪着他散步。有一天,穿越马路的时候,儿子告诉他应该走斑马线。儿子一手搀着他的胳膊,一手揽着他的后背,唯恐他有什么闪失。

这一刻,他突然觉得自己变老了。

是啊,他真的变老了。许多人的名字,他已经叫不上来了。11 位数的手机号码,怎么也记不住了。

但他记住了儿子的手机号码。那是他花了几天工夫,硬背下来的。有一天,他骄傲地给儿子背诵了这个手机号码。

儿子惊异地望着他,您是怎么背下来的呀?

11 个数字,先背 3 个,然后背 4 个,最后再背 4 个。他扬起脸来,对儿子微笑。

儿子灿烂地笑了。

儿子决定,为了父亲,永远使用这个手机号码。

我只要记住你一个人的手机号码,就够了。他以无限慈祥的目光,十分满足地望着儿子。

情　愫

　　女市长看了调查报告，本想拍案而起。但她还是压住了怒火。不让人们外出打工，显然是不可能的。可是，孩子们怎么办？

　　这份《保护农村女童的调查报告》就放在桌上。报告上说，在经济欠发达地区，本地农村留守女童受害者多；在经济发达地区，流动女童（异乡人的女儿）则是主要受害人群。

　　前一段时间，几个专家组成了志愿者小分队，来到城乡接合部一所学校，开展农村女童的安全性预防教育。讲课效果正待评估，可是，女孩们的法律监护人纷纷打来电话斥责："你们这是在教唆孩子，她们本来什么都不懂，让你们把孩子们教坏了！"

　　校长无奈地对专家们说："你们还是不要讲课了。你们来讲课我们当然欢迎，可是讲什么不好，专讲这类问题……孩子们还太小，听不懂你们讲课……好像，我们这里什么事情都发生了……"

　　专家们只好妥协，撤出了这所学校。后来，就有了这份调查报告。

　　女市长沉思良久，下了一道命令：所有的公职人员，每人认养一名至三名农村女童。女市长的举动，真是令人匪夷所思。

　　想不到的事情发生了，一些公职人员离职了。

　　女市长说，决不再补充新的人员。女市长又自嘲地说，这个办法，竟把臃肿的干部队伍精简了。

让人想不到的事情还在悄悄地发生。农村女童的家长和异乡人女童的家长,藏起了自己的孩子,说家里没有女童。

女市长拍了桌子。这是怎么回事,为什么人们要说谎?

女市长打扮成了教师,深入到孩子们中间。她发现孩子们对这个问题讳莫如深,写下的词汇触目惊心:侵害、压迫、恶心、厌恶、丑陋、伤心、痛苦……女市长揪心地想,这些可怜的孩子,可能已受到了迫害。

她拉住一个女学生问:"如果有坏人要侵犯你,你该怎么办?"

女学生脱口而出:"自杀!"

女市长深感震惊。她意识到,在羞耻感的折磨下,大多数女学生可能会做出同样的选择,而作恶的坏人则逍遥法外。女市长决定改正自己的做法,不但要教育孩子们学会保护自己,还要帮她们理解,什么是生命,该如何热爱和尊重。

专家们被女市长请了过来。

专家们很激动,纷纷向女市长表示,一定要做好这项工作,不然的话,就对不起自己的良心,何况,这是项公益性工作。

于是,专家们又走进了孩子们聚集的地方,告诉女童,什么是侵害,如何预防,一旦出了事故,究竟该怎样做。

女孩们一个个睁大了眼睛。

女孩们接受了新奇的课堂,专家们深入浅出的讲授,让女孩们心慌和激动。

与此同时,"让孩子们的家长就近打工",成为一个响亮的口号。城乡都行动起来了,上马了一些因地制宜或改造升级的项目。

许多父母回来了,孩子们的脸上笑开了花。

但是，有一个女童却让女市长的内心很纠结。因为，她的父母没回来。

这个女童叫王小菊，目前和奶奶相依为命。

女市长对王小菊说："孩子，你和奶奶就住我家吧，直到你父母回来。"

王小菊泪流满面，咬着牙，什么都没说。

是的，女市长的家是温暖的，也是安全的。一旦自己离开这里，就会看见那些邪恶的眼睛。她惧怕那些眼睛，又痛恨自己的父母，你们在哪里？

其实，她的父母就在不远的另一座城市里。他们每天拉着架子车，收废品。他们何尝不想念自己的女儿呢？可是，他们不能回家，一回家，就会有债主找上门来。

女市长不知道这些。

王小菊一天天长大了。

后来的某一天，女市长对她说："小菊，我得告诉你，我到外地开会，看见你父母了，他们不肯回来……"

两行泪水顺着王小菊的面颊流了下来。她心如刀割。

女市长又说："也别怪他们，也许，你的父母有难处。"

王小菊擦着眼泪说："阿姨，我已经大了。求您为我找一份工作吧，我和奶奶能养活自己。"

女市长真切地说："小菊，我要供你念上大学。抽时间，去看看你父母。"

王小菊号啕大哭。

女市长欷歔不已。有句话，她没有对王小菊说，自己曾是个异乡人女童，随着父母从农村到城市打工，后来考上了大学，成了国家干部。

当童工的孩子

警察把这十几个孩子解救了出来。可是他们却不愿意回家。孩子们一个个蓬头垢面,眨着困惑的眼睛,似乎不明白警察为什么要解救他们?

这群异乡人的孩子,一定被老板洗脑了。

是的,自从来到这家工厂,孩子们就沦为生产线上的"螺丝钉"了,而且被告知,只要永不生锈,每月可以拿两千块钱。这就够了,孩子们哪见过这么多钱呢?

我奉命采访这些孩子,并给他们做工作,让孩子们高高兴兴地回家。我知道,这个任务很艰巨。这些异乡人的孩子,外出打工,纯属迫于生活的无奈。他们本该坐在教室里上课的,可却上不起学。义务教育免除的,仅仅是学费。食宿费呢?怎么办?对离家远的学生来说,只能寄宿。这是一笔多么沉重的负担啊。是生活的贫困,将孩子们推向了童工之路。孩子们缺鞋子,缺棉袄,家徒四壁,哪能读得起书呢?据朋友们说,一些地方出现了专门贩卖儿童的市场,一些父母甚至自生自卖……

我来到了异乡人的孩子中间,希望听到他们的真实感受。当然,我是有思想准备的,孩子们要么愚昧无知,要么语出惊人。

"叔叔,这里有肉,我不想回家。"一个名叫黄晓宇的孩子用怯弱的声音说。

我吃了一惊,有肉吃?这就是孩子们心甘情愿的想法吗?孩子们茫然盯着我,幼稚地点着头。

我明白了,这些异乡人的孩子,在这里打工,可以吃上肉,在家里则不能。这就是他们最简单的想法。

……

我又采访了涉嫌非法使用童工的那个老板。老板已被警察控制,他身穿黄马甲,居然不慌不乱。老板坦白地说:"我给他们开了工资,还让他们吃肉,在家里,能吗?我最了解这些孩子了,问问他们,愿不愿意回家?"

"是你把他们变成了生产线上的奴隶,让他们变成了廉价的劳动力。"我怒不可遏。

老板垂下了头。

我的心情久久难以平静。孩子们一张张稚嫩的脸,晃动在我的眼前。

"我也不瞒您了,我自己也是童工出身,从小就外出打工了……"老板说。

我盯着面前的老板,心里痛恨他,却不知恨在何处。

三天后,我将孩子们送回了家。他们的家,都在大山深处,很穷困。分手的时候,孩子们眼巴巴地望着我,似乎无话可说。

不久,我又采访了一批被警方解救的孩子。让我没想到的是,我又见到了上次送回家的那些孩子。黄晓宇的相貌我记得的,不用问,他们又从山里跑了出来,又来城里当童工了。

黄晓宇明确地告诉我,只要能把他的父母找来,就一定跟着父母回家。

茫茫人海中,上哪儿去找他的父母呢?不过,我很快就想到了一个问题,孩子们到城里打工,不是为了挣钱、吃肉,而是为了能见到自己的父母。

黄晓宇又说，只要给他拍张照片，头像上不打马赛克，父母就能在电视上看到他。

我打了个寒战。

我不能这样做，孩子们还未成人，再说，他们也没犯罪，我必须保护他们的肖像权。

不过，在恻隐之心的驱使下，我还是为每个孩子拍摄了一张照片。然后，我请朋友们帮忙，到异乡人群居的部落，寻找孩子们的父母。所幸的是，这个很笨的方法，居然发挥了作用，许多孩子的父母，联系上了我。

我领着这些父母，看望了自己的孩子。父母们见到自己的孩子，一个个泪如雨下。父母们辞掉了城里的工作，带上自己的孩子，回了山里。

剩下黄晓宇和另一个孩子，没有找到自己的父母。据说，他们的父母，去了南方。

一支铅笔的社会关系

两个儿童在一起玩耍，不知因为什么，他们打了起来。一个儿童拿起铅笔，朝另一个儿童的眼睛扎去。

事情的发生太突然了，人们来不及多想，便被卷了进去。

受伤的儿童随着家长来到了医院，挂了急诊号，见了医生，包扎了伤口，拿了药片，还打了针。医院好像是为他开的，很多人都为他忙活了起来。对了，还有送他来的、送他走的出租车司机。

出租车公司也给他提供了方便。

受伤儿童的家长决定状告那名恶作剧的儿童。不,是状告那名恶作剧儿童的法律监护人。最起码,对方得支付医药费、误工费和精神损失费。计算这些费用,又涉及相关的会计,而这几名会计又有着数不清的社会关系。当然,还有律师和法院,因为,要打官司,离不了这两种人。

那位搞恶作剧的儿童,所涉及的人,与受伤的儿童大致相等。细账是算不过来的。好在他们的家长抱着"一切由法律说了算"的态度。复杂的事情,便相对简单了。

再说,那支铅笔的制造商和销售商,也面临了麻烦。在这个离奇的案件中,"二商"的许多人都脱不了干系。首先,制造那支铅笔,需要木料,这便追查到林场。林场的负责人便喊来当班的几名植树工,要他们承担责任。植树工不肯。他们说是伐木工的事,如果伐木工不伐倒这棵树,这棵树就运不到铅笔厂去。伐木工说,怎么是我们的责任呢?铅笔不制造出来,也不可能伤人呀。

责任就说到了石墨厂。石墨厂是制造铅笔芯的,厂商认为应该通过查找批号,把生产铅笔芯的工人找出来。被找出来的工人说,生产这支铅笔,要经过许多环节呢。这样的话,又有许多人被牵扯了进去。

类似的责任还有黏土厂。

生产铅笔芯的原料中含有黏土。

对了,还要说说两名儿童所在的幼儿园。园长怪罪了副园长,副园长怪罪了幼儿教师,幼儿教师无人可怪罪,只能怪罪儿童和儿童的家长……

这件事情像滚雪球似的越滚越大。许多人都在委屈地叫嚷自己怎么会被扯进去,没人给他们做任何解释。

人人都在心里想,要怪就怪那支惹事的铅笔。

当人们为这件事寻找证据,力图洗清自己的时候,却发现那两名儿童又在一起玩耍了。

那个受伤的儿童,已经去掉了蒙在眼睛上的纱布。他好像好了伤疤忘了疼,高兴地在小伙伴面前笑着,没心没肺的样子,开心不已。

那个搞恶作剧的儿童,也好像不记得自己伤害过对方。他拿着水枪,拼命地向小伙伴扫射,充满了童趣。他十分专注,十分亢奋,在外人看来,就是个"酷",在小伙伴看来,就是个"帅"。

人们不解地望着他们。有人甚至拍了照,就算立存此照吧。现在的手机,都有这个功能,人人都是摄影家。人们想得很单纯,是因为这两个儿童太天真了,太可爱了。

过了许多年后,两个儿童都长大了。

他们都考上了大学,连专业都选得一致,学的都是法律。

他们一块毕了业。一个当了法官,一个当了律师。那个搞恶作剧的孩子当了法官,那个眼睛受伤的孩子做了律师。

法庭上,他们常常唇枪舌剑,私底下,却是最好的朋友。三天两头,总是在一起吃饭。

双方的家长却是鸡犬之声相闻,老死不相往来。

一家说,理他?喊!

另一家说,理他?喊!

人们常常发笑。

时间虽然久了,人们却常常想起从前的那件事。

当然,人们也要对两个孩子说起那件事。

两个长大的儿童对那件事几乎忘了。人们不提那件事,他们俩会记不起细节的。被人们一说,许多细节就想起来了。

有时候，他们中的一个，会拿那件事开玩笑。开玩笑的时候，却是扮演另一种角色，也是就对方的角色。

他们感到那件事很好玩，真的很好玩。

后来，他们俩都各自成家了，也有了自己的孩子。

各自的孩子看着爸爸的表演，欢快地击打着爸爸的脑袋。

我们的明天

李黑娃的爸爸愁眉不展。

愁什么？

昨天下午，学校召开了家长会。所有的家长，都必须写一篇作文，包括异乡人的孩子的家长。作文的题目是《我们的明天》。李黑娃的爸爸就为这个发愁，他写不出来这篇作文。他要是能写作文，也不会拖家带口到城市打工。

"爸爸，老师说了，您怎么想的，就怎么写，当然要有思想境界，要勾画出灿烂美好的明天！"

"明天，我们的明天在哪里？"李黑娃的爸爸喃喃自语。是的，他真的不知道异乡人的明天在哪里？来城里的这些日子里，干什么都要钱，而且贵得吓人。无意中，他听说城市的年轻人，一个月的工资是六千块钱。而他，每个月拼死拼活，老板才给他开两千块钱。

他陷入了沉思。

他迟迟没有动笔。

他不知道怎样勾画出灿烂美好的明天。

道理,他想过多少遍了;方法,也想得头大。马无夜草不肥,说一千道一万,决不能干非法的事。最后,他决定,把写作文这个任务,交给李黑娃。李黑娃应该能完成这个任务。他把孩子带到城里读书,就是让孩子在城里站稳脚跟,将来做城里人。

李黑娃听到爸爸让他代写作文,本想说"不",他讨厌写作文。同学们的视角和他总不一样,他写的作文总是充满柴火味。但看到爸爸那副难为情的表情,他还是咬着牙答应了。

李黑娃很快就把作文写好了。他要让爸爸看一遍,再抄一遍,然后,再交给老师。可以想象,爸爸相中了他代写的作文,会摸摸他的小脑瓜的。

没想到,爸爸看了他代写的作文,皱着眉头说:"这不是我心里想的,你没写出我想说的话。"

李黑娃说:"爸,您心里想的是啥呀?"

爸爸指着作文说:"你看你写的作文,这段——明天,我要住进高楼大厦;明天,我要开着高级轿车;明天,我要到写字楼上班;明天,我要当上公司CEO……你写的不是我呀。什么大房子、小轿车、写字楼、CEO……我指望啥来实现这些梦想呀?"

"爸爸,人不能没有梦想!您想都不敢想,怎么去实现呢?"李黑娃大声说。

"想了也白想!瞎想!"李黑娃的爸爸也提高了声音,"儿子,我想好了,等你将来考上大学了,我回到乡下去,种地、养鸡、放牛!"

"看您想的,还要回到农村去?真是个农民,老农民!"李黑娃咬牙切齿地说,"反正,我是不回去了,等我大学毕业了,我也不回老家去!"

"娃呀,你可以不回去,反正我要回去。我这把老骨头,还是要埋到老坟里!"

"爸爸,您说这些干啥?您只是要我代您写一篇作文!"

"你问我干什么?"

"好好好,依您的意见,我重写。您说,怎么写吧?"

"黑娃,你听着。"李黑娃的爸爸点燃了一支劣质香烟。然后,他娓娓道来,都是回乡下的打算,都离不开种植和养殖。具体说,就是种几亩地,养多少鸡,放多少牛,让城里的人吃上新鲜的鸡蛋喝上新鲜的牛奶。

李黑娃闷着头,按照爸爸的想法,以爸爸的口吻,归纳、整理了一篇作文。

几天后,老师当堂评讲了这篇作文。老师动情地说:"这篇作文写得很朴实,道出了一个异乡人的真实想法,将来要回到农村去,不能挤在城市狭小的空间里。农村是一个广阔的天地,在那里是可以大有作为的!"

下课后,几个同学围住了李黑娃。这几个同学问他:"农村真那么好吗?""农村的鸡蛋又大又香吧?""农村到处都是绿色吧?"

李黑娃没有回答。同学们怎么问他,他都不回答。

回到家,李黑娃扔下书包,拉着脸生闷气。

爸爸问李黑娃:"怎么了?吃啥药啦?"

李黑娃气呼呼地说:"我们老师表扬您了,说您的明天很美好!"

李黑娃的爸爸哈哈笑道:"所以,你生气了?"爸爸抚摸着李黑娃的小脑瓜说:"黑娃,你怕啥?饿不死爸!将来,城里人要花钱当农民!"说着,拿出了一张报纸,"你看,这篇文章……"

李黑娃接过报纸,是一篇关于开心农场的报道。报纸上说,每到星期天,城里人开着小轿车、骑着摩托车,到郊外去种地,有偿当农民。

我们向往大城市

那时候,我们对上海特别向往。拿今天的话说,上海就是国际化的大都市。尤其是"上海制造"那几个字,特别令人羡慕。看看我们身边,什么名牌不是上海制造呢?永久牌自行车、红灯牌收音机、华生牌电扇、英雄牌钢笔……

可是,我们都没去过上海,只知道它在遥远的东方,在偏远的海边。

不知道也不要紧,只要心里有上海。于是,在宽子的哥哥带领下,我们买上海的网鞋,系上海产的皮带,戴上海产的帽子,从里到外,将自己打扮成了"小上海"。宽子的哥哥野心更大,说要去上海混混,娶上海的老婆,制造一堆上海的孩子。

不是我取笑他,他有什么资格成为上海人呢?有上海的户口吗?会说上海话吗?当然,我的意思是说,会说上海话才像上海人。

也不知过了多久,宽子的哥哥把自己弄成上海人了。那天,我们去火车站接他,他一开口说话,我们全都愣住了。他"啊拉"、"侬"地哇啦着,我们像听鸟语一样。接着,他便把一个女人拉到前面。他换成本地口音说:"这是你们的上海嫂子,我就是想让她给我生一堆孩子!"

我们像不认识他似的盯着他。我们知道,他先是成了上海宝钢的工人,可不知道,他怎样混入了上海的里弄,获取了上海姑娘的芳心。说实话,我们都到了婚配的年龄,可是,配偶在哪儿呢?

看到宽子的哥哥带回了女朋友,这激发了我们的斗志。

于是,我们便经常往上海跑了,逛上海的马路,看上海的女人。整个南京路被我们逛得烂熟,整个外滩公园被我们逛得烂熟。是的,我们买不起火车上的卧铺,总是坐硬板或是睡地板。可是,我们跑了也是白跑,无论跑多少次。

再说宽子的哥哥,人家过得也安逸,在上海与小城之间往返了几次,不见少了什么,只见多了两个小孩,一个上海儿子,一个上海女儿。天知道,他是怎么弄的。那年月,实行只生一个娃的政策,他却弄出了两个孩子。说到他的婚配,他总是缄口无言,仿佛给我们讲了,便是宣讲儿童不宜,便是毒害青少年。但他说过和老婆的一件事。有一次,他带着老婆回我们小城,却在上火车时,把老婆丢了,丢在上海火车站。直到火车广播找人,他才在下一站下车,回了上海。

哈哈哈,我们全都笑得前仰后合。

让我们想不到的是,宽子的哥哥携同夫人回我们小城定居了。他们提前退休,回来安度晚年了。只是一双儿女没有跟来,留在了上海。

想起小时候的往事,我们总是这样问宽子的哥哥,上海不是很好吗?大城市,大制造。

宽子的哥哥笑笑,这样回答:"上海离这儿太偏远,是这儿的远郊!它在海边!"

我们一愣,继而哈哈大笑。

他怎么这么说呢？

这位大哥呀，说话真好听！北上广，有什么好？每天，压力山大，人要爆炸。每个大城市都在摊大饼似的扩大，原来的城市装不下了。上海呢，也好不到哪里去，咳，上海人不是到江苏去看房吗？

告别了宽子的哥哥，我们激动得唱起了《五环之歌》："啊，五环，你比四环多一环；啊，五环，你比六环少一环……"这是歌迷们献给北京马路的一首歌，流传甚广。据说，北京的马路已经扩张成七环了。

唱过以后，我们全都沉默不语。

因为，我们全都在心里对大城市充满了神往。

因为，我们的孩子全都不在身边，去了北上广。是的，孩子们有理由到外面去看看，去上海看看，去北京看看，去广州看看，到一切值得去的地方看看。世界这么大，总该出去看看啊！

谁让他们年轻呢？每一颗年轻的心，总是骚动不安的啊。

山的泪流满面

每当说起这事，山都要泪流满面。

山的家很穷。山的家在邙岭的深处，没有院墙，没有瓦房，只有一眼窑窟。山和两个弟弟，夏天总是赤肚儿，没有裤子穿，如同满山瞎蹿的猴子。

每当说起这事，山都要泪流满面。

山到了必须穿裤子的年龄,因为山要读书了。山把书读得朗朗上口,也把嗓子调得音色纯正。放学的路上,山在丛林间穿越,总要和树上的鸟儿"唧唧啾啾"地对歌。山想,鸟儿有漂亮的羽毛,而自己则没有整洁的衣裳。山经常这样伤感。少年的山,深深地埋下了忧愁的种子。

每当说起这事,山都要泪流满面。

山也知道,山外有山。于是,山把山歌唱到了天上。鸟儿是山的听众,鸟儿漂亮的羽毛,让山赏心悦目。当山把无数首山歌飘到邙岭的每一个角落时,喜鹊"喊喊喳喳"地报喜了。山就这样考上了县里的戏校,山背走了家里仅有的一床棉被,去了县城。山不知道,他走了以后,家里将怎样度过寒冷的冬天。

每当说起这事,山都要泪流满面。

冬天来临的时候,山有了棉被御寒。山经常想起邙岭的家,想起爹娘和弟弟。山无法想象,爹娘会用什么办法,再添置一条棉被。棉花在哪里?棉布在哪里?山不知道。山只知道,需要棉花票,需要布票。而这些票,从哪里能够搞到?山不知道。于是,山只有叹息。

每当说起这事,山都要泪流满面。

山用功学戏,很快就成了最好的学生。老师经常表扬山,同学也都喜欢山。可山总是昂不起头来。因为山发现,自己还缺少一条棉褥。别人都有棉褥,就自己没有。山每天睡觉的时候,只能在床板上铺一条粗布床单。山知道棉褥柔软而温暖,山很想让娘给做一条棉褥。但是,山无法向娘开口,因为他已经卷走了家里唯一的一床棉被。

每当说起这事,山都要泪流满面。

山最终还是向娘说起了想要一条棉褥。因为山回家的时候,

看见家里有了一床新增的棉被。尽管被面是由碎布拼接的,但毕竟是又有了棉被。山想,娘是有办法的。于是,山对娘说,戏校的夜晚很冷很冷,真的需要一条棉褥。娘的目光十分艰难,但娘还是答应了山。山的弟弟"呼啦"一下子冲到了山的面前。弟弟指着那床新增的棉被说,哥,你知道它是怎么来的吗?山发愣,山摇头。娘"啪"一巴掌将弟弟扇了个趔趄。弟弟不再吭气,逼视着山的眼睛。山永远都忘不了弟弟那鄙视的目光。

每当说起这事,山都要泪流满面。

山得到了一条棉褥。娘把家里那床新增的棉被拆了,从里面掏出一些陈旧发黑的棉花。娘又找来了一些不规则的布片,拼接成褥里、褥面。山充满了惊奇。山不明白,棉花为何那样脏,布片为何那样碎,而且,还有火烧的痕迹。山不能问娘。娘一边缝制棉褥,一边悄悄流泪。娘对山说,她还有地方找棉花,她会让家里的棉被重新厚重起来。

每当说起这事,山都要泪流满面。

山背着娘缝制的棉褥,回到了县城。山后来从弟弟的嘴里知道了那些旧棉花和碎布的来历。村里养着几个"五保户",他们都是些丧失劳动能力的孤寡老人。村里给他们养老送终,谁死了,就把谁用过的东西烧掉。山他娘,从火堆里抢出来一些衣服和被褥,剪剪撕撕,整理出来些棉花和布片。人不逼到绝境,是不会想出来这种办法的。山难以想象,娘怎样扑灭熊熊燃烧的火舌,又怎样悄悄地将死者的遗物转运回家中。

每当说起这事,山都要泪流满面。

山的戏校生涯,就睡在这样的棉褥上度过。棉褥是温馨的,山能感觉出母亲的温度。山从戏校毕业后,成为了出色的演员。然而,山后来却改行搞起了戏剧研究。山的研究成果颇丰,却总也离不开悲壮与苍凉的主题。山说，没有悲壮与苍凉，便没有良心。戏剧的本质是良心，而不是玩具。山还说，悲壮是一种完成，苍凉是一种启示。我爱惜自己的悲壮和苍凉，就像鸟儿爱惜自己的羽毛和翅膀。山经常出现在国际饭店举行的学术研讨会上。山在论述悲壮与苍凉的过程中，总要提到自己的光屁股童年和那条充满母爱的棉褥。

每当说起这事，山都要泪流满面。

老 北

老北是北京孩儿的简称。成年人都相互称老张、老李、老王，孩子们就想称大。同学们称他老北，也包括喜欢他的成分。老北是随他父母从北京调过来的，他父亲曾经在冶金部当干部。老北操一口京腔，不叫他老北，叫什么呢？

老北这家伙有素质。当然，那时人们还未用素质这个词。他是怎么有素质的呢？首先，表现在衣着打扮上。他穿一身学生装，上衣别着一支金星牌钢笔，懒汉鞋的白边永远很白。他背着一个军用的黄书包，边走边吹口哨，都是革命小调。这就是说，他保持着精神境界的高度自信。每天，走在上学、放学的路上，一步一个脚印，两点连成一条直线。

他这样的神态，很像一个小大人，再加上父亲是个老革命，很自然就被老师当作了革命事业接班人。老师让他当了班长，同学们没有谁反对，尤其是女同学，都争着当副班长、当班委。说白

了,可以接近老北啊。

女同学喜欢老北,也很自然。因为老北不但学习好,长相英俊,特别是那一口京腔,迷倒了多少梦中人。当然,主要还是表现在他的风度上,表现在运动场上。老北这家伙,仿佛无师自通似的,懂得各种球类的比赛规则,足球、排球、篮球、乒乓球他都懂,尤以篮球见长。学校每次搞篮球赛,都要让老北当裁判。他小大人似的左手托着一只球,右手将口哨放在嘴唇上。口哨一吹,球一扔,比赛就开始了。他随着运动员不停地奔跑,不断地吹出各种口哨,打出各种姿势。计分员听他的,领队和运动员都听他的,他说比赛开始就开始,说比赛结束就结束,那个派头呀,啧啧,让人羡慕得没法说!女同学不喜欢这样的人,喜欢什么样的人呢?

优秀的女同学都暗恋着老北。那时候,谈恋爱是件很丑的事,几乎不可能有什么结果。许多人就在心里憋着,将来有了机会,再一泻万里,奔腾如注。这就给个别人提供了机会。这样的个别人,不但男同学中有,外来的男人也有。而且,外来的男人是不一般的人,比男同学大不了几岁。

这是几个来学校帮助搞军训的解放军官兵。这群官兵中,有个黄排长。黄排长家是湖北农村的,他不想复员后回乡务农,想娶个城市姑娘做媳妇,留在城里干革命。黄排长锐利的目光在女同学中来回搜索,反复比对,就相中了郭秀明。郭秀明当然是个很出色的姑娘,学习好,性格好,长相俊美。黄排长辗转反侧,夜不能寐,决心打一场快速的歼灭战。于是,就在上午军训结束的时候,喊住了郭秀明,交给她一封信,要她回去看。

黄排长错了,错误地估计了形势。城市的中学生,和乡下的姑娘是不一样的。郭秀明看了那封滚烫的情书,并没有激动得发晕,而是把它交给了组织上。组织上是谁呢?当然是她的领导了。郭秀明是共青团员,她的领导就是团支部书记老北。

巧了,老北正从老师办公室出来。郭秀明憋红了脸,把老北叫到了一边。郭秀明郑重地说:"我向你反映一个重要的问题!"老北凝着眉头问:"什么问题?"郭秀明气愤地将黄排长写的情书塞给了老北:"你自己看吧!"说完,甩着大辫子跑了。大辫子甩在她的屁股上,甩出一种很别致的风韵。

第二天,黄排长就在校园里消失了。来了个李排长,接替了黄排长的工作。这件事,老北处理得不露声色,没人看出来发生了什么。郭秀明也作出若无其事的样子,滴水不漏。后来,当她和老北谈恋爱时,老北问她:"当时,你是怎么想的?"郭秀明说:"傻样吧你!"

老北和郭秀明谈恋爱,是下乡一年后,两人抽到了县知青办。他们如影相随,整天黏一起。知青办的老魏,觉得他们很般配,就牵线搭桥说了媒。谁知道,一说媒,两个人都笑了。本来,他们就是心有灵犀的,一点就通。只不过,他们自己没说透而已。在县知青办,两个人一边干工作,一边谈恋爱,春风得意。凭着热情和责任,他们为知青办成了几件大事,例如每人每月13块零花钱、半斤食用油、4天假期等。知青们到了县城,也爱往知青办跑。第4年,老北穿上了军装,到广州军区当兵去了。郭秀明也经知青办推荐,到省会读大学去了。

老北去当兵,很多人都想不到。这么一个文质彬彬的人,怎么能扛枪打仗呢?事实是,老北参加了对越自卫反击战,在炮火连天的战场上,荣立了二等功。老北在部队干到副团级,后来转了业,到地方当了副市长。郭秀明当然要去找丈夫了,两口子这才结束了牛郎织女般的生涯。

有时候,他们会说起那个冒失鬼黄排长,也不怪他,一家有女百家求嘛。何况,最终胜利的是老北。

小神刀

军代表想吃羊肉,却不会杀羊。就叫人把小神刀找来,让小神刀杀羊。小神刀不但会杀羊,什么动物都会杀。常见他杀兔子。把兔子吊在树上,先打晕打死,然后,开始剥皮。只见他三下五除二,就把兔子皮剥下来了,兔子皮很完整,还能再把兔子装回去。会杀兔子的人,绝对会杀羊。道理都一样,兔子和羊都是跑腿儿的动物。

小神刀将羊的四只蹄子绑了,又用绳把羊嘴捆上了。军代表不明白捆羊嘴做什么?难道羊被杀的时候,忍不住要悲鸣吗?想到羊痛苦得叫不出声音,军代表的心就软了。军代表闪到一边去了。羊似乎明白了末日即将来临,眼泪就默默地流出来了,显得十分哀伤。

羊被杀掉了。小神刀剥掉了羊皮之后,就开始收拾羊下水了。他已经许多天没吃香的了,望着新鲜的羊肉,馋得直吧嗒嘴。留下点什么解解馋呢?整只羊是不敢切的,切一块就会少一块,很容易看出来。肠子肚子心肝肺也都有数,一样都不能少。思来想去,小神刀看见了两只羊腰子。羊腰子小,拿一只也不显眼,不会被发现。对,就拿一只羊腰子。

小神刀将收拾好的大肥羊交给了军代表。军代表丝毫也没察觉到少了一只羊腰子。也许,军代表压根就不知道,羊有两只腰子。军代表还夸奖小神刀呢,夸他手脚利索,收拾得这么干净。

小神刀笑笑,把一只羊腰子带走了。他找了个没人的地方,悄悄地烤着吃了,吃得满嘴生香。

军代表吃完了羊肉,又想吃鸡肉。鸡比羊小,军代表决定自己杀。军代表挽起袖子,操起菜刀,就把鸡杀了。军代表见过别人杀鸡,学着别人的样子,抹了鸡的脖子,放了鸡血,然后,把鸡扔到地上不管了。军代表想,等鸡扑腾完了,死透了,再拔鸡毛,再开膛破肚。可他万万没想到,他前脚刚走,鸡就顽强地站了起来,挺着脑袋,跟在他身后进屋了。

军代表感觉到了什么,回头一看,吓了一跳。军代表面红耳赤,叫人把小神刀喊来。小神刀来了一看,当场就把鸡逮了,拧住脖子,补了一刀。小神刀帮助杀完鸡,又把鸡收拾得干干净净。鸡身上的零件,一个都不少,全交给了军代表。

小神刀走了之后,军代表查看了鸡的那些零件。军代表发现了两只鸡腰子。军代表想起来了,上次,让小神刀杀羊,只见到了一只羊腰子!鸡这么小,都有两只腰子,羊那么大,怎么才有一只腰子?军代表双手摸着自己的腰部想,腰子就是肾脏嘛,肾是生命之源。任何动物都应该有两只腰子的,包括人在内。

军代表决定拿小神刀是问了。军代表又弄来了一只羊,还是请小神刀杀羊。小神刀在军代表的眼皮子底下杀羊,不可能再将羊腰子带走烤着吃了。杀完羊,他老老实实地把两只羊腰子交给了军代表。

军代表严肃地盯着小神刀。上次,让你杀羊,怎么才见到一只羊腰子呢?

小神刀似乎早有准备,仰脸哈哈大笑。这次,杀的是什么羊啊?上次,杀的又是什么羊呢?

军代表脱口而出,这次,杀的是绵羊;上次,杀的是山羊!

小神刀笑得更响亮了。这就对了嘛,山羊有一只腰子,绵羊有两只腰子!

军代表愣了。真的吗?这就是山羊和绵羊的区别吗?

军代表愣神的时候,小神刀已经跑出去了。一跑出去,就无影无踪了。

军代表想逮个人问问,到底是不是小神刀说的那样,山羊有一只腰子、绵羊有两只腰子?可又一想,不能问,这么问,不是说明自己太幼稚了吗?军代表是不能太幼稚的。太幼稚了,威信就没有了。想到这里,军代表"扑哧"一声笑了。娘的,不就是吃了一只羊腰子吗?人民群众太有智慧了。

谁是真英雄

刘孩和杨孩,都是茁壮成长的年轻孩。有一天,他俩在公园里玩,忽听见有人喊"救命",就一同循声跑了过去。原来是个小学生掉到水里了,正在水里挣扎呢。

刘孩知道水塘很深,因为他在里面游过泳。杨孩不知道水深水浅,一脚就踏到水里了,朝小学生扑去。刘孩想喊住杨孩,可已经来不及了。

刘孩知道杨孩不会游泳。刘孩一边喊着杨孩,一边跳进了水中。

许多人闻声赶来了,他们都看见了刘孩和杨孩在救一个小孩子。

小学生被救上来了,肚子里倒出很多水。

杨孩也被救上来了,可他却停止了呼吸。

刘孩望着杨孩的尸体,失声痛哭。

杨孩被授予了烈士称号。杨孩和刘孩的名字都上了报纸,走进了千家万户。

有人悄悄告诉小学生,那天,救你上岸的,是刘孩,而不是杨孩。小学生眨着黑亮的眼睛,不太相信这个说法。小学生也弄不清,当时是谁把自己救上来的,他只知道,杨孩为了救他,献出了宝贵的生命。现在,知道了真情,小学生就写了一篇作文,很想把刘孩写得高大一些。可不知怎么回事,写出来的高大形象却是杨孩,刘孩只被略带了几笔。

小学生的这篇作文,被老师推荐到了报纸上。

刘孩看见了报纸,什么都没说,好像他什么都不曾做过。

有一天,小学生的父母找到了刘孩,千恩万谢地说,他们已经知道了,刘孩才是真正的救命恩人。他们表示,等将来儿子长大了,一定要让他来重谢他。

听到这话,刘孩的热泪就在眼眶里打转转。

几年后,小学生长大了,长成了中学生。有一天,中学生在公园里找到了刘孩,要拜他为兄。中学生说:刘哥,我也说不清为什么,杨哥的形象在我的心中特别高大,虽然我知道他不会游泳。

刘孩说:为了救你,他献出了生命。

中学生说:我总想告诉大家,你才是我的救命恩人。但不知为什么,我说不出口。

刘孩笑笑:那是因为我活着。

刘孩反问中学生:如果现在有个儿童落水了,而你又不会游泳,你会不会去救他?

中学生说：会。

刘孩说：我知道了，杨哥没有白白为你牺牲。

中学生的脸色十分庄重，像要随时去赴汤蹈火。

刘孩说：可我不赞成你往水里跳，因为你不会游泳。

犯人吃肉

王老师决定带着学生们去参观监狱。当然，不是去观光，是去受教育。看看犯人们是怎样成为阶下囚的。说实话，自己的学生都是山里的娃子，将来考出去都是国家的栋梁之才。可是，王老师就是不放心，万一自己的学生当了官，变坏了怎么办？

监狱长听说王老师带着学生来参观，当即表示欢迎。他很了解这些犯人。犯人中多数都是苦出身，有人还当过山里的放羊娃呢！监狱长对王老师说："您做得很对，我们就是要从小就教育这些孩子！"

王老师带着学生们看过了监狱宿舍，看到了犯人们叠放着整齐的被子；经过操场的时候，看见了新来的犯人正在练正步；在工作车间，看见了犯人们专注地劳动，神情一丝不苟；在会议室里，听见了犯人在做忏悔演讲……

中午，开饭的时间到了，王老师提出："可不可以看看犯人用餐的食堂？"

监狱长痛快地答应："可以，当然可以。"

于是，王老师带着学生们，向犯人食堂走去。

热腾腾的饭菜端上来了,犯人们排着队,各自打走了一份饭菜。

学生们看着犯人们用餐,都不说话。

他们心里不明白,怎么,饭是大白馍,菜里有肉片?

这是怎么回事呢?难道监狱里的犯人,比山里的学生吃的都好?学生们眨着困惑的眼睛,用目光向王老师询问。您不是说过,监狱里的犯人,都是喝的稀汤、吃的是白菜帮吗?

王老师也没想到会是这样。平心而论,犯人们的伙食真不错,吃的是白馍,还有肉片!王老师毕竟是老师,他对学生们说:"肉片是人造肉,犯人们吃不上真正的肉片!"

王老师三言两语就把"犯人吃肉"这个细节搪塞过去了。好在,犯人们都在低头吃饭,似乎没人注意王老师的话。

但是,王老师觉得有必要就这个问题,澄清学生们的认识。回到学校,他召开了班会,让大家畅谈参观监狱的感受。

一个学生说:"真没想到,过去是听老红军做报告,现在是听犯人做报告。更没想到的是,犯人还能吃上肉片,在监狱里有肉吃!"

学生们都笑了。

王老师严肃地说:"什么吃肉?我再说一遍,那是人造肉!"

那个发言的学生却狡辩道:"人造肉也是肉,何况,王老师怎么知道是人造肉呢?"

王老师逼视着发言的学生:"你的意思是说,当个犯人也不错?即便进监狱了,也可以吃上肉片?"

那个学生不说话了。

王老师提高声音说:"不是我批评你们,你们只看见了犯人吃肉,没看见他们失去了自由!他们只有在监狱里改造自己,才

能重新做人！记住，一条河不可能在同一座桥下流过两次！"

学生们闷着脑袋，都不说话。

王老师宣布散会。他很生气，一个"犯人吃肉"的细节，把教育计划泡汤了。

几天后，王老师收到了监狱长的来信。监狱长在信里写到："王老师，感谢您带着学生们到监狱来参观，给学生们打预防针，防患于未然……有一件事，我不得不对您讲。有一个犯人向我报告，他听见了你对学生们说，'肉片是人造肉，犯人们吃不上真正的肉片！'关于这一点，我得纠正您，犯人们吃的是真正的肉片，他们吃的不是人造肉。这是实话。您要对学生们讲清这一点。不然，会埋下说谎的种子。监狱里为什么要给犯人们吃肉呢？其实，这很正常。这也是我们文明管理的一个手段。我们的目的，就是让犯人们接受改造，让他们脱胎换骨，重新做人！"

王老师读着这封信，心中涌起了波澜。

他反复思考着，要不要让学生们看看这封信？他心里一会儿说要，一会儿说不要，十分纠结。

最后，他做出了决定，让学生们看看这封信。

王老师再次把学生们召集起来。王老师扬着手中的信说："监狱长给我来信了。监狱长说，那天，犯人们吃的就是肉片。在这里，我向大家做检讨，也向那个同学道歉。"说着，他深鞠一躬。

学生们为王老师拍响了巴掌。

那个曾经发言与王老师分辩的学生，这时候又发言了："王老师，我们从这件事上受到了教育，要做一个诚实的人。"又说，"您说的对，犯人即便吃了肉片，却失去了人身自由！而一个人，如一条河，不可能在同一座桥下流过两次！"

热烈的掌声再次响了起来。

夜火车

　　一个人旅行,总渴望来点浪漫,刺激一下本已麻木的心情。虽然不做什么,彼此互为知音,这不也很好吗?

　　这么想着,一位年轻漂亮的女士来到了我的上铺。她带来了一种奇异的芳香,很快就溢满了我这个卧铺单元。

　　我的位置在中铺。我忍不住吸了吸鼻子。沁人肺腑。找不出更合适的词来形容了。想到她就睡在我的上铺,心里便涌出一种莫名的感觉,身体竟轻轻地飞起来了。

　　我还没有到铺上去。我坐在车窗旁,精神勃发地打量着每一个乘客。当然,包括她。

　　火车开了起来,咣咣当当的,十分悦耳。我欣赏这种声音,向窗外看着不断后移的风景。车速渐渐提了起来。预计明天上午 11 点,准时到达终点。十几个小时,将在火车上度过,我忍不住瞟了瞟爬到上铺的美女。

　　美女正趴在上铺看书。

　　光线昏暗,我看不清她的样子,但是可以想象她的神色,一定带着幸福的表情,不然,她不会那么有滋有味地看书。

　　可是,这又与我有何相干呢?我掐了掐自己的大腿,让思绪回到现实中来。美女固然可爱,但需要我自作多情吗?

　　突然,美女手中的书从空中滑落了下来。

　　"大哥,帮我捡起来好吗?"美女俯下脸来,朝我笑道。

不会是落花有情吧？我捡起那本书,轻轻拍了拍,递回了上铺。

美女嫣然一笑,继续看她的书了。

我很后悔,竟忘了看那本书的名字。

是本什么样的书呢？美女津津有味的神态,看来要废寝忘食了。

已经到了开晚饭的时间,餐车的服务员,推着小车,在过道里叫卖。

我将视野从车窗外拉回来,买了一个盒饭。望望上铺的美女,她居然放下书入睡了。

睡了就睡了吧。

吃罢盒饭,我又把目光向车窗外投去。火车在夜色中穿行,近处的一切都朦朦胧胧的,唯有远方的灯光眨着亮晶晶的眼睛。过了一个小站,又过了一个小站,不知过了多少个小站,火车都不曾停下。我有了倦意。于是,我准备爬到铺上,进入酣甜的梦乡。

上铺的美女却在这时候醒了。

"大哥,您能为我倒点水吗？我下去不方便。"美女对我笑道。

这有什么呢？我接过她递下来的茶杯,拎起暖瓶,为她倒了半杯水。

美女向我致谢。喝完了水,她又躺下了。

我爬上了属于自己的中铺。

美女似乎也没睡。突然,她歪下脑袋,问我:"大哥,聊一会儿吧？"

聊一会儿就聊一会儿。我爬了起来,脑袋却"咚"一声撞到了头顶的铺板。

她在上铺咯咯地笑了起来。

我不得不扬起脸来注视她。上铺躺着美女,让我的记忆闸门自然而然地拧开了。

"大哥,您笑什么?"上铺的美女问我。

"没笑什么。"我总不能对她说,要建议铁道部把单人卧铺改为双人卧铺吧。

"大哥,我一看你就是好人!"

"不,我是坏人!"

"哪里呀,你就是好人!从你给我捡书的动作看,你轻轻地拍了拍,好像在哄孩子;还有,你为我倒水,只倒了半杯,怕开水烫着了我,也怕我喝多了,上厕所不方便!"

我哈哈大笑。

我换了个话题说:"你喜欢坐火车吗?"

"我当然喜欢坐火车了,而且,是夜火车,在火车上睡卧铺!"

"到再远的地方,你都不坐飞机吗?"

"是啊,坐火车才能体验旅行的味道!尤其是夜火车!"

我哑然失笑。看起来她与我志同道合,是我的知音。

我们交换了手机号码。就这样,我们隔着木板,喃喃细语。我们的眼睛都在向上,我盯着她的铺板,她盯着车厢的顶板。

不知什么时候,我睡着了。

醒来的时候,天色已经大亮。我歪头看看上铺,空了。

她已经下车了,不知去了哪里。

突然,我的手机响了一声,有短信息发过来了,是她的:我已在高桥下车。从高桥到吴桥,乘汽车,2元;游览吴桥,乘船2元。拐回来,晚上可乘坐下一列夜火车,继续前行。

我要不要在下一站等她呢?

最终，我没有下车。

这么多年过去了，我坐了无数次夜火车，再也没遇见过她。

徒弟送礼

徒弟要给师傅送礼，因为师傅要过六十岁生日。当徒弟的总要有所表示。送礼送什么呢？徒弟费尽了心思。

老伴儿正在看电视，电视里有一男一女在蹦跶："今年送礼送什么？"

徒弟早就厌烦了这样的电视广告，让老伴儿把电视关掉。老伴儿关了电视说："你那点破事，上网搜个啥？"

早些年，他也给师傅送过礼。记得有一年，送了盒茶叶。师傅用鼻子嗅了嗅，说："你不懂茶叶吧？"又说，"你买的茶叶，只能煮茶鸡蛋了。"

说得他耳根子发烧。从那以后，他再也没给师傅买过茶叶。

今年，师傅过六十岁生日，有人说这是大寿。徒弟笑笑没说话。徒弟心说，六十是小寿，八十是中寿，一百岁才是大寿呢。师傅的眼光相当独特，要给师傅送礼，一定要拿得出手！

徒弟就上了街，进出了许多商店。也许是看多了的缘故，他挑花了眼，一件东西也没买。

突然，有家书摊很是抢眼。书摊很大，而且，书也不贵，六折优惠。过了这个村，可就没这个店了，徒弟把所有的书贪婪地扫视了一遍。有个想法，已在他头脑中萌生，何不给师傅送一套宝书,既让师傅高兴,又显得自己高雅。于是,他很快就挑好了一套插图绘本的《三国演义》,定价五百元,经过讨价还价,三百元拿下。

徒弟兴冲冲地抱着书,直接送给了师傅。

师傅带着老花镜,翻了翻,连说了三个"好"字。

徒弟如释重负,总算了却了心愿。

回到家,徒弟忍不住嘴痒,和老伴儿炫耀了一遍。

没想到,老伴儿淡淡地说:"你错了,哪有给师傅送书的?送书送'输',让人家输嘛。"

徒弟目瞪口呆。

经老伴儿这么一说,他有些后悔了。

不久,社区图书室动员大家捐书。徒弟捐了许多用不上的书。他忽然奇怪地想,师傅会不会把那套书捐了呢。

过了几天,他去图书室借书,果然,看见了师傅捐的那套书。

徒弟把那套书借回了家。

那天,他买书的时候,就发现书有毛病,331页和332页的纸太短。他记得很清楚。毫无疑问,这部书就是师傅拿来的。

好在,老伴儿并没发现这件事,也就没数落他。老伴儿一天到晚忙着打麻将,根本没心思管他的破事。

徒弟当然很在意这件事,决定给师傅补上。怎么补呢?他想破了脑袋,终于想出一条妙计。带着师傅去旅游,去西双版纳,师傅这辈子还没坐过飞机呢。

徒弟就跑去订了两张机票。

师傅听他说明了来意,摇摇头说:"我不去。我害怕坐飞机,怕从天上摔下来!"

徒弟咧嘴笑笑。

徒弟站也不是，坐也不是。

徒弟总算找了个理由，跑出了师傅家。

退掉飞机票，又花费了一笔退票费。

从此以后，徒弟很少出门了，怕遇见熟人，怕和熟人说话。

后来，徒弟有一次出门，竟遇见了师傅的小孙子。他认得小家伙，这小家伙很聪明。徒弟的老毛病又犯了，掏出钱来，要给小家伙买这买那。可是，小家伙不让他买，非要花自己的钱。

倒是有一点，小家伙要爷爷的徒弟帮忙，这就是带他去乡下，看看真牛真马真驴子，当然，还有其他畜牲。

徒弟喜出望外。很快，就弄来了一辆车，与师傅的孙子一道，去了乡下。

后来，师傅知道了这件事，与徒弟一刀两断了。

把根留住

老窦走了。又走了一个知青。当年，二十六个知青，已经走了十个。

老窦是突发脑溢血走的，在医院抢救了十天十夜，还是没有抗过死神的拉扯，一声招呼都没打，就跨上了奈何桥。

听到老窦病逝的消息，老吴如同听到一声闷雷在耳边炸响。

当年的知青都来了，为老窦送别。老窦的夫人和女儿，失声痛哭。老吴悲伤不已，忍不住泪流满面。

过后，知青们议定，不要再给人生留下遗憾了，今年就完成老窦的遗愿,到知青点去,看看那里的乡亲,看看曾经奋斗的广阔天地。为了励志,老吴带头唱起了一首老歌:"多少岁月,茫然随波逐流,他们在追求什么……"

是《把根留住》。知青们异常激动,合唱,唱得分外豪迈。

过去,也曾唱过这首歌。那是回城后的首次聚会。那时候,这首歌正在流传;那时候,二十六个知青都还活着。往事如烟。这首歌最能代表知青们的心声。以后,他们又聚会了几次,每次,都要高唱这首歌。遗憾的是,每聚会一次,人就少一个,死了一个知青,又死了一个知青。算下来,迄今已过世了十个知青……

在老吴的带领下,剩下来的知青,来到了当年下乡插队的地方——杨庄。

杨庄的乡亲们围着他们,拉着他们的手,分外亲热。四十多年了,物是人非,彼此还能相认。杨庄上点岁数的人,叫出了知青们的名字。知青们唏嘘着。老一茬的人,如老支书、老队长、老会计、老外交、老炊事员……都已经离世,活着的人,是当年那些如龙似虎的年轻人。当年的团支书、现在的党支书杨灿,握着知青们的手,久久不肯松开。杨灿讲述了一个故事。有一天,知青们包饺子,二十六个知青,磨了一袋面粉。一袋面粉,五十斤吧,能包多少个饺子?饺子诱人的香味,把农民的小孩子都吸引过来了。孩子们挤过来,是想尝尝饺子!我把住知青的门口,不叫孩子们进……说到这里,当年的团支部书记杨灿情不自禁地笑了起来。

这位年已花甲的团支部书记说,知青们为了奖励我,给了我十个饺子,我没舍得吃,回家全给了孩子们……我告诉孩子们,长大了要做国家的人!

人们被杨灿引得大笑。知青们在笑,围观的农民及农民的孩

子们也在笑。

老吴止住笑声,对杨灿说,我们这次来,就是想看看乡亲们,看看当年我们居住过的小屋。

杨灿缓缓地说,看人呢,只怕是看不全了,老家伙们,都死完了;年轻点的,外出打工去了。至于,你们居住过的小屋,大部分房子,也都塌了。我倒是留了两间,也修缮了几次。

杨灿说着,领着知青们来到那座房子。知青们知道,这座房子,迎面是中厅,左右是居室。

打开生锈的门锁,知青们全都惊呆了。室内的墙上挂着二十六个知青的照片,此外,房间里保持着当年的模样,桌椅、床铺、劳动工具……

这分明是个知青展览馆啊。

知青们没想到会在这里,看见自己的老照片。知青们在照片上笑着,一个个像迎着太阳欢笑的向日葵。

老吴想起来了,当年,杨灿很爱收集知青们的照片,知青返城之前,他集全了所有知青的照片。他最喜爱老窦(那时候叫小窦)那张穿海军衫的半身照片,他把这张照片放大了,挂在醒目的位置。

杨灿自言自语地说,小窦怎么没来呢?

老吴再也忍不住了,声音颤抖地说,他不会来了,他走了,去另一个世界了。又说,这些年,共走了十个知青……

杨灿泪如雨下。

老吴昂起头,雄浑的声音从嗓子眼流了出来:"一年过了又一年,啊,一生只为这一天,让血脉再相连!擦干心中的泪痕,留住我们的根……"

歌声,回响在杨庄的上空,回响在知青点的上空。

陈杂种

陈杂种是点上的知青。当然,他不是杂种。鼻子眼睛像他爹,嘴巴耳朵像他娘。之所以管他叫杂种,是因为他是个赖孩子。有一天晚上,贫下中农进财来串门,陈杂种就把人家的裤头扒了,扔到了房上。进财羞得捂住老二哇哇叫,陈杂种则乐得哈哈大笑。

陈杂种还敢对上海女知青耍流氓。河南与安徽搭界,河南知青常到安徽去赶集,因为,安徽有上海女知青。到了集上,看见上海女知青蹲在地上买鸡蛋,陈杂种就凑过去,用脚尖逗上海女知青的屁股。刚开始,上海女知青以为是狗舔腚,就拨拉拨拉屁股,没当回事。后来,发现是陈杂种在使坏,就"侬啊侬"地破口大骂。陈杂种连忙逃窜,逃回知青点就说,上海女知青的屁股很柔软。听他这么一说,男知青就哈哈大笑,展开了无穷的想象。

知青点有了这么个坏蛋,就总是充满了欢乐的气氛。虽然,这种欢乐常常建立在别人的痛苦之上,可也建立在陈杂种自己的欢乐之上。有一天晚上,他躺在床上朗读一篇少数民族的爱情长诗,朗读得声情并茂。可他读着读着就笑了起来,让知青们看他的裤头。他的裤头支起了一顶雄伟的帐篷。知青们疯狂地大笑,都觉得少数民族的爱情长诗真是美好!

当然了,陈杂种只要高兴了,想做什么就做什么。有一天晚上,一大群贫下中农的孩子围着知青,看吃饭。陈杂种随手掰开

一块馍说,谁管我叫爷,我给他吃白面馍！贫下中农的孩子一年都吃不上一顿白馍,馋得不得了,纷纷管陈杂种叫爷。陈杂种一一答应,谁管他叫爷,他就给谁掰一块白馍。很快,就把一筐白馍掰完了。你说,这货败家不败家？

说来说去,陈杂种还不是一个没心没肺的人。那天,他去公社赶集,路上捡了个东北妮儿。东北妮儿是怎么到河南来的,谁都不知道。陈杂种把她领回了知青点,任她一会儿哭,一会儿笑。陈杂种命厨师平他娘好生招待,做点好吃的。贫下中农听说陈杂种捡了个大闺女,围了一圈子看稀奇。有人心里打上了鬼主意,把东北妮儿收为媳妇有多好！村里多半都是光棍,看着东北妮儿,馋得直流哈喇子。有人把陈杂种拽到了一边,悄悄地问,说给俺,中不中？陈杂种脸一沉说:不中,不中！

打鬼主意的人溜走了,陈杂种喊东北妮儿过来说话。东北妮儿的情绪已经稳定了,信誓旦旦地说,大哥,我看你是好人,我不走了,扎根农村干一辈子革命！

陈杂种说,我们知青点,没你的口粮啊！

东北妮儿听陈杂种这么说,就嘤嘤地哭了起来。

陈杂种叹了口气,喊过来两个女知青,陪着东北妮儿说话。点上的几个男知青,也似乎都有话和东北妮儿说。他们陪着东北妮儿说啊说啊,一直说到天亮。天一亮,陈杂种就把东北妮儿送走了,送到公社汽车站,打发东北妮儿回东北了。

送走了东北妮儿,陈杂种去了公社卫生院,给村里的兽医买了两盒药。药是兽医他老婆吃的,是保胎药,是兽医让他代买的。

药买回来,陈杂种就和兽医的老婆开上了玩笑:夜里,别让他再骑了,他想骑,给猪看病的时候,可以随便骑猪嘛！

兽医的老婆就骂。骂是骂,还带着笑:你想骑不？免费！

陈杂种大笑,昂着脸走了。他去了另一个知青点。这个知青点的点长,很崇拜N国的元首,不知从哪儿搞来了元首的画像,贴到了知青点的墙上。这个点长,前天回郑州去了。陈杂种乘虚而入,把N国元首的画像撕了下来。他不但撕下来了,还掏出火柴烧了,烧成了一把灰。他一边烧,一边说:让他的慈父见鬼去吧。

陈杂种就是这么爱国,不允许中国知青崇拜外国元首。当然,这也属于年轻冲动症。年轻人在广阔天地里炼红心,敢想敢干,什么都做得出来。

要过年了,陈杂种领着知青们去各村收购鸡子,打算带回郑州。可收集了一整天,只收到三只母鸡,一百多只公鸡。夜里,鸡子们被关到了仓库里,早上起来,却发现三只母鸡都死了。怎么死的呢?显然是公鸡把母鸡压死了,干死了。想到这个原因,知青们都臊得面红耳赤。包括陈杂种。

尿素裤

乡下干部,许多人都穿过"尿素裤"。那时候,从日本进口尿素(化肥),尿素上到地里后,尿素袋子就被干部们据为己有了。尿素袋子很白,很结实,说不清是什么布料。用染料将尿素袋子染黑,可以做一条裤子。有道是"远看绸子裤,近看是尿素,干部穿着它,剔牙迈方步"。

日本人很鬼,尿素袋子上的汉字,印得很黑,无论怎么染,都压不住。做成裤子穿,字体依稀可见。字体又往往出现在裤裆

处,"净重50公斤,含氮量25%"。让人浮想联翩。好家伙,家伙真大啊,净重50公斤!还含氮量25%呢,臭啊,真臭!

说起"尿素裤",老乡们都笑,都知道氮是一种很臭的化学物质。

有一回,全县召开三级干部大会。县领导发现,台下坐着一片"尿素裤"。遂下发通知,明令禁止干部们穿"尿素裤"。当然,老百姓穿,没人管。

大队支书杨秉章的"尿素裤",下放给了他弟弟杨六。

杨六就穿着日本"尿素裤",到处晃脸。晃来晃去,晃到了知青的屋里。杨六与知青们的岁数差不多,见了知青,都喊"哥"。也不白喊,有时候,能混上一块白馍。

知青们见杨六穿着"尿素裤",都笑歪了嘴。四秃子问:"是日本株式会社的吧?"

杨六不知道日本有个株式会社,不知道它是干什么的,以为相当于人民公社,便自以为聪明地说:"株式会社下面也设大队。"他的意思很明白,他哥在日本,也能当书记。

王立新看看杨六说:"日本不设大队书记。"又看看杨六的裤子说:"这条裤子还应该再印四个字。前头印'有求',后头印'必应'。寡妇找你,你也可以应了。"

杨六还嘴说:"哥,别这么说,俺还没结婚呢,俺还是童男子呢!"

知青们哄堂大笑,没想到杨六会说"童男子"。笑声中,王立新使了个眼色,四秃子扑了上来,用衣服把杨六的头蒙住了。接着,大家便胳肢他,把他胳肢得狂笑不止,上气不接下气。趁这工夫,就把他的"尿素裤"扒了,打开门,扔上了房顶。

当地老乡都不穿裤头,杨六如同一只拔了毛的公鸡,捂住私处,哎哟哎哟直叫唤,间或,兀自发笑。

杨六知道知青们和他闹着玩呢,想发火,却发不出来。

杨六捂捂下身,又捂捂脸,不知该捂哪儿好了。他苦笑着哀求知青们,把他的"尿素裤"拿回来。

知青们没搭理他。知青们痛快地笑着,再也没什么比这更开心的事了。

杨六赤身裸体地蹲在地上,啃着四秃子丢过来的白馍。好在,夏天并不冷,不会把身子冻坏。

直到黄昏,杨六才光着屁股跑了出来。他等不到天黑了。他也是个男人呢,怎么会忍受一群穿衣服的男人嘲弄?

杨六一路小跑,往家里跑。他本来是想跑回家拿根竿子,把"尿素裤"从房顶上够下来。可是,跑着跑着,却改变了方向,跑到他大哥杨秉章家来了。他要让大哥看看,知青扒光了他的衣服,他要对大哥说说这件事。

杨秉章没在家,去公社开会没回来。

大嫂见到赤条条的杨六,吓了一跳,忙下令两个闺女闭上眼睛。大嫂什么没见过?急切切地问:"老六,怎么回事?谁把你的裤子扒啦?"说着,扔过来杨秉章的一条裤子,叫他套上。

杨六号啕大哭,委屈死了:"伤自尊啊,太伤自尊啊!"

夜里,杨秉章从公社开会回来,把杨六臭骂了一顿:"以后,少往知青屋里跑!再去找他们,剁断你的腿儿!"

杨六擦擦眼泪,从大哥家拿上竿子,跑到知青的房前,把"尿素裤"够下来了。

知青的屋里很黑,没有一丝动静,不知他们在干什么。

全村都在传说知青扒了杨六的裤子。"尿素裤"成为花絮中的花絮。

知青返城那年,杨六娶了媳妇,但一直没怀孕。每到夜里,全村都能听见媳妇被杨六折腾得又哭又叫。

这也是没办法的事,杨六废了。

许多年后,知青们才说,那天晚上,他们没敢出屋。谁要是想尿尿的话,就对准门缝拉。早晨起来,门缝下面,被砸出一片深坑。

胡大喷

胡大喷,是个喷家,是金工二车间的大喷家。

喷,是我们这个地方的方言,是说某人特别善说、特别会侃的意思。

胡大喷,身边总是围着一群人,听他喷嗑。胡大喷是这么喷的:"进了公安局,人家天天请我吃饺子,给我送到屋里,让我自己独吞!""我天天去公园玩各式各样的美女和我跳舞,挡都挡不住!""怎么,没见过大螺丝帽?告诉你,两吨重的大螺丝帽,是用天车安装的!"

人们围着他听,脖子伸得老长老长。听他喷嗑,真是一种享受,谁愿意落下一个字呢?当然,听他喷过以后,人们都会喜笑颜开的。

时间久了,人们也都知道,他只是说说而已。

王三拦路抢劫,抢了一个大闺女的皮包,被公安局捉了。他弟弟王四来请胡大喷,去局里捞人。胡大喷眼睛一瞪说:"不去,我凭啥去?"听他这么喷,王四只能作罢。

有人请胡大喷帮助介绍对象,胡大喷也不介绍。胡大喷滚动三寸不烂之舌说:"有好的,我自己早下手了,还能留给别人!没看见吗,我还单着!"他这么一喷,来请他帮助的人,只能偃旗息鼓了。

至于用天车吊卸大型工件,车间领导就不找他了。找他什么?听他瞎喷?他见领导不来找他,就胡喷道:"真是小家子气。要说,小地方的人,就是目光浅。没见过人家南方的大卡车,一个车轱辘,比人都高!"有人问他,怎么知道的?他笑笑回答说:"看电视呀,电视上新闻里都演了!"

他喷的工夫,车间领导已经指挥着人,把大型工件吊装完了。车间领导心说,让你会喷!早晚,找个机会就把你办了!

胡大喷不知道领导有这个想法。他继续和人们喷着,也不知道喷的啥,把身边的人,逗得哈哈大笑。

领导"办"的机会很快就来了。

金工二车间车床多,车出来的工件亮闪闪堆地成了山。可是,车出来的废钢屑、烂铁屑也多。过去,是找民工清理。厂部为了开源节流,不让民工清理了,让车间工人自己干。车间主任想,得抽专人。抽谁呢?车间里几个领导就想到了胡大喷。真是不谋而合。对,就让胡大喷来干,外加打扫厕所。于是,就找胡大喷谈话了。

哪个领导和他谈呢?当然是车间主任和他谈。主任谈,具有不可抗拒的效力,吐个吐沫就是个钉。

胡大喷听取了主任谈话的重要内容。他点头表示认可,不过,也开出了自己的条件。条件是把他调到车间来,听主任直接指挥;他可以就卫生问题,随便找人谈话。

第二天,胡大喷就成为车间办公室的人员。

上有政策,下有对策。

胡大喷开始找人谈话了。他首先找到了车间的女工委员。他强调了自己的身份,主要是男人的身份,说明自己打扫女厕所也不是不可以,但从安全角度来考虑,女厕所还是由女工轮流值日为好。啥事就拍牵扯到安全,这可是天字号工程,马虎不得。女工委员当场就答应了。接着,胡大喷又找到了团支部书记,摇动能喷善侃的本事,将打扫男厕所的重任委派了出去。至于清扫废钢屑、烂铁屑的活儿,就自己干了。总得干点什么,免得别人说三道四。

每天上班,胡大喷就扛着大铁锹,拿着大扫把,将地面打扫得干干净净,再喊天车过来,把垃圾吊走。忙完了,还不到上午十一点,就开始喷嗑。到了下午,接着再喷,逮住谁,和谁喷。

车间里的人,都很气愤,恨得牙齿痒痒的。但是,也没办法。他是车间办公室的人员,为主任直接调遣。对他有意见,就是对主任有意见。对主任有意见,让主任知道了可怎么活?

胡大喷可不这么想。

他在想,什么时候还搞运动?若是搞运动,非起来造反!就说主任打击他,把主任打翻在地,再动员群众,踏上千万只脚,让主任永世不得翻身!

想得多了,就充满了敌视的目光。

车间里的人,都说他变了。

变成了什么样?人们都不说。

忘年交

韩金元是开磨床的师傅,是我的忘年交。

车、铣、刨、磨四道工序,磨床排最后,主要是磨床的加工精度高。对磨工的要求是0.025毫米,一根头发丝的三分之一。韩金元一旦接受了任务,就跟杀驴一样,戴个白口罩,雷厉风行,把磨床开得嘟嘟叫。没有不佩服他的。车间主任说,参加工作十五年了,韩金元没出过一件废品!

我是个新工。我发现,韩师傅不但磨床开得好,而且,还很会生活。他是个单身汉,却在女工宿舍楼弄了一间房子。在一楼。和一群拖儿带女之人混住在一起。真是神奇。要知道,他毕竟是个男的啊。

带着疑问,我在一个星期天的下午,造访了他。

"你看,我不是很好嘛。"他两手一摊,双肩一耸,很绅士的样子。

接下来,他让我留下来和他一起吃饭,说是买了一只老母鸡,要把老母鸡炖了。

我只吃过鸡蛋,没吃过鸡蛋的母亲。我毫不犹豫地答应了他。

他进进出出,显得特别忙碌。我则低下头,翻看他书架上的书。有一本书,很吸引我,我抽出来,翻看几眼,又插进去,反复了几次。我不想让他知道,我喜欢看这种书。什么书?你懂的。情

窦初开的青年人,都悄悄地看过这种书。

韩金元把老母鸡炖好了,他招呼我吃鸡。

第一次吃鸡,我心里很激动。我将鸡头夹给他,祝他能做大官。这是我听人家讲的,鸡头冠子大,吃了这样的鸡头,能做大官。

韩金元批评我说:"又不是公鸡的鸡头。这是母鸡。母鸡有鸡冠吗?"

我臊红了脸。我以为,鸡都是一样的。我根本就没想到,鸡分公母。

也许,他看出来我有些难为情。突然,他对我说:"资产阶级生活方式,好吧?"

我一愣,他竟敢这样说话!什么意思?

他盯着我的眼说:"有人说我追求资产阶级生活方式。我怎么了?我不过就是爱吃鸡嘛。"

听他这么说,我才放下心来。

饭后,他谈到了他的家事。每半个月,他妻子从省城过来一次,或者,他回家一次。今天,我到他单身楼来,是单位的人第一次来。他放弃了回家。"你不知道,两地分居,苦哇!"他说。

他说的"苦",我没有体会。我认为,他太自怜了。其实,不用问,我已经知道他为什么会在女工宿舍楼有一间房子了。对他这种人,我还是敬而远之吧。

后来,我考上电大,读书去了。

我一走了之,一切都忘了。

我似乎听说,他偷拿了车间的电视天线。记得当时,我一声叹息。

等我三年后毕业,再回到车间的时候,发现一切都变了。

韩金元已调走了,调到省城去了,在公路段当上了养路工。据说,是他妻子帮助安排的。

没想到,我会再见到韩金元。

在一个午后,韩金元西装革履地站到我的面前。他承包了公路段,今年要修我们这儿的一段路。

他找我来了。我在电大学习不赖,许多工作我都能胜任。厂长让我好好接待他。

我叫他"韩总"。

他不让我叫。他只是说:"我们是忘年交。"

很自然的,我们成了无话不谈的朋友。

有一天,我陪着他,回到了车间,察看他开过的那台磨床。物是人非。许多事情让他想不到。他自言自语地说:"如果我不走,就要开一辈子磨床了。"说完,他蹲下了身子,用卡尺度量别人加工过的工件。

我在一旁看着他,无话可说。

周六的晚上,我请他上家里吃饭,吃辣子鸡。我已经结婚,妻子做得一手好菜。我摸出一瓶白酒,和他畅饮。

他端着酒杯,感叹不已。

他开玩笑说:"资产阶级生活方式,好吗?"

我针锋相对:"人民的生活水平有了很大的提高!"

他无言地笑笑,一仰脖,喝干了杯中酒。说:"逗你呢!"

我不再与他争辩什么。

妻子将一盘辣子鸡端了上来。

我和他异口同声地问:"公鸡、母鸡?鸡头呢?"

妻子平静地说:"公鸡。鸡头,扔了。"

姑嫂俩

范桂凤和唐春娣是姑嫂俩,都是部队的家属,在飞机场住。也许是厂领导照顾,一块儿来到了金工二车间,小姑范桂凤当电工,嫂子唐春娣当钳工。倒夜班,也算有个照应。

在金工二车间,谁和谁关系好,就一块儿上厕所。姑嫂俩关系好,就一块儿上女厕所。厕所刚改造过,一半男厕所,一半女厕所,又紧挨车间会议室,姑嫂俩就多待了一会儿,查看细节。

没想到,这一多待,就发现了情况。

是会议室那边。按说,上夜班的人不多,没谁进会议室。可是,范桂凤就看见了一个人从会议室出来。小姑范桂凤就告诉了嫂子唐春娣。唐春娣定睛一瞧,是开磨床的韩金元。他进会议室干什么了?瞧他慌慌张张的样子。韩春娣心中打上了问号。

第二天下午四点,车间在会议室召开全体人员大会。下白班的没走,上夜班的刚来。车间选择这时候开会,是两个班都能顾及。车间书记老贾说:"昨天晚上,放在会议室的电视天线丢了。现在,大家都在,都想想,谁拿了天线?希望谁拿了天线,主动坦白交代。"

没人说话。车间大会又开了一个晚上,机床都停了。

范桂凤悄悄对唐春娣说:"嫂子,我感觉,昨天晚上,咱们见到鬼了。"

唐春娣说:"别瞎说,我啥都没看见。"

范桂凤撇上了嘴。

翌日上午,范桂凤一个人来到了厂里,找到了书记老贾。

下午四点,老贾站在车间门口,拦住了来上夜班的唐春娣。

一进书记的办公室,唐春娣就实话实说了:"昨晚,我们从厕所出来,看见韩金元从会议室溜出来了。"她故意使用了"溜"这个贬义词,以表明自己的态度。

车间书记老贾,嘿嘿地笑了。

紧接着,老贾就和韩金元谈了话。韩金元颤抖着,把作案的细节都招了,说自己买了台彩电,就差个天线。看见车间的电视天线不赖,就拿了。

贾书记当即去了办公楼。

厂工会连夜就把光荣榜上韩金元的名字抠掉了。

车间奖励了范桂凤和唐春娣姑嫂俩,每人奖励20元钱。范桂凤接了,唐春娣却没要。

一个月后,车间举办"庆五一"文艺晚会。范桂凤上场表演了快板剧《捉贼记》。她表演得意气风发,满身大汗。

唐春娣没有表演节目,反而和韩金元坐得很近,一前一后。唐春娣在前,韩金元在后。是的,人言可畏,他们不可能坐在一起。

姑嫂俩之间第一次出现了裂隙。

车间书记老贾,看在眼里,急在心上,动了许多脑筋,想让姑嫂俩和好如初。可是,收效甚微。贾书记亲自和范桂凤谈了话,要她团结同志,特别是要善于团结个别反对过自己并被实践证明是反对错了的同志,包括自己的亲戚。贾书记还组织了一场"拔杂草"的义务劳动,让大家心往一处想,劲往一处使,拔掉心里的杂草,用辛勤的汗水浇灌革命的友谊之花。

唐春娣就是不往套里钻。

她反而钻到韩金元的屋里去了,给他洗了一大盆衣服。

范桂凤知道后,大为光火。

贾书记就找韩金元谈话,狠狠地批评了他。

韩金元表了态:"贾书记,看我的实际行动吧!"三天后,他拿出了几张打管机的制作图纸。原来,金工二车间承担了冶炼厂的大修任务,将原先的旧钢管换下来,再装上新钢管。旧钢管很不好拆卸,需要用大铁锤去夯。韩金元等人都被临时抽调,抡过大锤。这项发明的意义在于,可以解放劳动力,工人们再也不用腰酸臂痛了。

完成发明后,韩金元就调走了,调到市公路段去了。

韩金元来过金工二车间,找过范桂凤和唐春娣,他要好好请请这姑嫂俩,但是没找到。飞机场转场,部队换防。她们随着当兵的丈夫,不知去了哪里。

车间书记老贾,陪着韩金元,喝了两瓶白酒。

也是在这个地方,贾书记宴请过姑嫂俩,在她们离开这里之前。

目标在后面

到了一定年龄,他才发现,自己这辈子什么也没干成。其实,他年轻的时候,是有奋斗目标的。他曾经发誓,要做最体面的工作,要娶最漂亮的女人。可是,这么多年过去了,他茫然无果,一事无成。

他去拜访一位智者,希望能指点迷津。

智者听了他的叙述,开口说道:"当你前眺的时候,是否忽视了回望?目标也许就在身后!"

他猜不透智者的意思。

智者侃侃而谈:"你好比熊瞎子掰苞米,掰一个,扔一个,一路掰了很多,最后却什么也没留下。其实,回顾或回望,也许更有意义。不知你注意过身边的缝隙吗?是否有扩展的空间呢?"

他略有所思地点点头,似乎明白了什么。

智者继续说道:"泰戈尔说,一个人要去见上帝,上帝说,我在这里。这个人听不见,以为上帝在别处,一转身,走了,去寻找上帝了!"

他茅塞顿开,明白了智者的意思。是啊,自己错过了许多机会,看样子是脚尖朝前了,所得却微乎其微,仍在黑暗中摸索。

他发出了一声叹息。

智者盯着他的眼睛,又说:"你一路寻找风景,却一无所获。你不知道,你错过的地方,风景也是很美的。也就是说,只有少数的地方,属于你。"智者话锋一转:"你没坐过尾车吧?你坐一回试试?可以发现你未曾注意到的风景。"

他决定去找找自己错过的风景。他真的去坐了一次尾车,坐在列车的尾部,观看列车向后面甩出来的风景。他发现,视角变化后,尾车的风景真是美极了,伫立在尾车的后门,欣赏那亮闪闪的铁轨,它正宛如潺潺流水,源源不断地流向远方……尾车的风景,真是赏心悦目。

尾车是看世界的另一扇窗口。他突然醒悟到,回首过去的旅途,其实是一幅弯弯的风景。

尾车，给他以关照世界的新视角。人生，不是一条永远的直线啊，为了寻找风景，我们的眼睛，却总是盯着前方。这时候，他彻底明白了智者那些话的真正含义，每个人都需要一面后视镜。

向自己学习。他暗下决心。过去，自己也曾经创造过辉煌，赢来了掌声和鲜花。人生，有必要重复自己，像画家画牡丹一样重复。

他焕发了青春，身上有了使不完的劲儿，反倒比从前显得成熟了。人们露出了惊异的目光，都夸他不但找回了自我，甚至比以前做得更好了。于是，人们为他提供了种种发展的机会，有人还把漂亮的女人介绍给他。他泪流满面。以往自己是不懂得珍惜的，漂亮的女人总是为自己所忽视，所遗漏。

他再次去见了智者。

智者告诉他："一切都是大自然赏赐给你的，是你的，你就该得到，你绝不可以怠慢或迟疑。你只有比以前做得更出色，人们才会从心底里彻底接受你。你肯定会有变化，有升华，锦上添花，银光泻地。不然的话，人们就会对你嗤之以鼻。记住，你要经常照照镜子，看看身后的风景。"

说到这里，智者拿出一面小镜子交给他。他知道，这面小镜子，是一面后视镜。

他经常带着这面后视镜出入于各种场合，寻找灵感之光，规避各种风险。有一天，他来到了一座立交桥上。立交桥上车川流不息，蝗虫般的车辆向四面八方窜去。在高速度的惯性中，几条弯路急骤地拼接在一块"七巧板"上，制造出新的迷惑。

他从后视镜里破解了这种迷惑。

这就是他。

他真正懂得了智者的苦心。作为社会自然人的他，需要反复触摸自身最敏感、最熟悉、最在行的内容。而这一切,都是为了获得基本的稳定,为了发现永远的风景。

老　兵

老兵对两个新兵蛋子说,发现情况,你俩都别往前争,这个机会让给我,你俩立功的机会多着哩。

老兵说这话的时候,口气挺重,还挺横。

两个新兵蛋子就鸡啄米一样点头。

老兵笑道,这就对了嘛,队伍上还得讲个论资排辈,等你们当老兵的时候,你们就是老一,老一就得优个先,占个尖。老兵说着,伸开两只翅膀一样的巨手,拨拉了几下两个新兵的头。

两个新兵就憨乎乎地笑了,就冲老兵打了个立正。

老兵嘴里的话儿挺稠,一会儿问问这个的家庭,一会儿问问那个的历史,问得挺婆婆妈妈的,挺语重心长的。两个新兵蛋子就觉得老兵挺好,挺温暖,渐渐地话儿也稠了起来。

老兵突然又问,你俩谈女朋友了没有?不等两个新兵回答,老兵又接着自己的话儿说,有女朋友真美好啊,等哪一天,你们把女朋友变成老婆了,你们就知道更美好了。真的,结婚真幸福啊,真美气啊。

两个新兵蛋子一齐笑了起来。他俩都知道老兵刚从老家结婚回来。新兵分到连队的时候,没见到这个老兵,等见到这个老兵的时候,老兵已经笑容满面地在连里发开喜糖了。

新兵很想听听老兵讲讲结婚怎样幸福。但是老兵不讲,老兵把结婚的幸福留给新兵蛋子自己去憧憬。

老兵又说话了。老兵说,咱们书归正传吧,咱们执行的是特殊任务,懂吗?特殊任务,意义就大了,意义我就不说了,连首长已经强调了。

两个新兵蛋子就在心里笑了起来。笑老兵故作深沉,笑老兵煞有介事。

严肃点。老兵严肃地说。老兵指了指空旷的田野说,部队梳篦子一样,已经过了两遍了,这是第三遍了,就是把山掏空,也要把那家伙找出来,知道吗,这是军令,军令如山。

新兵蛋子就不再笑了,就从老兵严肃的脸上读出来些严肃的味道。

其实,他们真的该把问题看得严重一些。

部队这次采取拉网战术,非要搜查出来的那个家伙是一只绿匣子。这只神秘的绿匣子遗失在山里已有 10 天了,上级要求必须找到它,谁找到它,谁就记特等功。

新兵一点也不知道这只绿匣子的重要性。

老兵知道。老兵训练有素。老兵凭着感觉,猜到了绿匣子里装着一只恶魔,如果找不到绿匣子,有一天绿匣子的恶魔跑出来,危害就大了。

真让人老兵猜着了,绿匣子中是一种放射性元素。

但是老兵不想把自己的猜测告诉新兵蛋子。老兵听一个老兵讲过,曾经有一个老兵被放射性元素辐射了,结果导致那个老兵丧失了生命的种子,成了家也体会不到天伦之乐,而且那个老兵早早地过世了。

老兵能把这个故事讲给新兵蛋子听吗?不能。老兵一看见新兵蛋子那天真无邪的眼睛就疼在心尖子上了。老兵看见了自己从前的影子。

老兵慈爱地对两个新兵蛋子微笑着。

新兵当然不知道老兵在笑什么。两个新兵蛋子都在想,这个老兵油子,快脱军装了,还想争个特等功呢。让他争吧,也真是他说的那样,我们立功的机会在后头呢。两个新兵蛋子就把脚步放得松松垮垮的,有意识让老兵冲在前头。

老兵一点儿也没感觉到特等功的诱惑。

老兵只想着那两个新兵蛋子还没结婚呢。老兵当然为自己结过婚而自豪了,他相信自己生命的种子正在媳妇的肚子里茁壮成长呢。

想到这里,老兵笑了。

老兵的笑容尚未收敛,眼睛突然亮了起来。

老兵猛虎下山般扑向了那只方方正正道貌岸然的绿匣子,绿匣子正在草丛里狞笑呢。

幽灵被老兵押送到了它该去的地方。

老兵被送进军区医院,接受全面体检,享受了一个功臣应该享受的一切。

不久,老兵就脱掉了军装,解甲归田去了。

若干年后,两个军人代表部队出席老兵的遗体告别仪式。有一个清秀的女孩儿,将老兵的十几本病历焚成了黑色的蝴蝶。两个军人泪如雨下,向老兵的遗像,庄严地敬礼。

两个军人带走了女孩儿,把女孩儿打扮成了一个新兵蛋子。

正步走

公安人员分析,他们要找的那个人,就在这个矿区。经过排查,几十个单身汉,被集中到了操场上,由公安人员认定。

他果然就在这群汉子里。他原先叫什么名字,现在显得很重要了。八年前,他从劳改农场跑了出来,隐姓埋名,做了个下窑掏力的矿工。

他竭力要忘掉原来的那个自己,试图让噩梦永远消失。凡是别人不愿意干的活儿,他都干。凡是吃亏的事,他都做。每年,矿里都要评他当先进,可每次都被他婉言谢绝了。他也不张罗女人,山沟里有几分亮色的女人,都很喜欢他,却都遭到了他的冷眼。

他要彻底埋葬原先那个自己,重新做人,安安稳稳地过一辈子。

一想到坐牢他就害怕,尤其不能忍受牢头狱霸的欺压。他清楚地记得,刚进去那天,他就被那群浑蛋们折磨得死去活来。

还有,犯人们每天都要在太阳底下练正步,这是他最难受的时候,他从小就从电视里知道,走正步的,都是威风正派的军人和警察。而自己呢,算什么?披着一身囚服,走正步,他感到非常耻辱。他这个心理障碍,三年后才得以克服。后来他走的正步,已经达到接受检阅的水平了。

如果他服从判刑,现在也该从劳改农场出来了。

但那次接受检阅后不久,他还是逃了出来。正好,这座矿山招工,他就混入了工人队伍。

他也预感到,总有一天,公安人员会找到这里,抓他回去,继续坐牢。他用尽了所有智慧,延缓着这一天的到来。

但这一天还是来了。公安人员把他们一集合,他就知道有自己的戏了。

窑汉们已经排好了队,在公安人员面前走来走去,队伍起初是零散不堪的,如乌合之众。忽然有个公安人员喊了一声:"正——步——走!"窑汉们的胳膊就有节奏地甩动起来了,双腿也找到了节拍。

他下意识地挺起了胸脯,将双臂甩得规范而又威武,一双皮鞋也被他踩得咔咔响。他仿佛成了队伍的核心。窑汉们都自觉地向他看齐了。甩出了铿锵有力的步伐。

他就有了一种久违了感觉。

是的,他一甩正步,就被公安人员认定了。公安人员凝视他片刻,喊出了他的真名实姓。他没有惊慌,双腿立正站着,双手朝前伸了出来。

公安人员没有给他戴手铐。那个面色苍老的公安人员,当众宣布,他没有罪,之所以来找他,是接他回去平反的。

热泪顺着他的脸颊流了下来,他呜咽了。

他跟在公安人员的后面走了。可他一迈开步子,就是甩正步,惹得周围的人笑声不止。他很想纠正自己,可怎么也纠正不过来了。

就这样,他昂着头,甩着正步,离开了生存五年的矿山。

水中望月

　　民工茂恩跟民工茂林、茂田他们说,咱去公园看跳舞吧?茂林茂田他们就裤裆里夹着轻松的响屁,跟在茂恩的后头,涌进了公园的夜。

　　月亮弯弯地笑着,把爱洒向公园的夜晚。

　　露天舞场被公园的小河锁着,小河细细弯弯地绕成了一个环,舞场就在这环的中央,像个孤岛。

　　茂恩他们有夜色掩护,很大胆地唱着"妹妹你坐船头啊",就来到拴着一批船的桥头。七孔桥如一把锁,进舞场必须用一块钱的门票当钥匙,才能打开这把锁。

　　茂恩他们就立在桥头,隔岸观舞,向舞场馋馋地发射眼球。

　　舞曲波澜壮阔,舞姿波涛翻滚。

　　现在跳的是慢四!茂恩说,知道吗,慢四又叫布鲁斯!舞点是嘭—嘭—嚓、嚓!

　　茂林茂田他们就说,俺哪有你吃的麦子多,你是初中毕业。

　　茂恩说,咱那叫啥球初中!城市人初中生都会跳舞,你们看,那边那个小半拉橛子,不是刘科长的儿子!

　　茂林茂田他们就看见了刘科长的儿子与一位花枝招展的姑娘蹭着肚皮。

　　茂林说,谁让咱是农民哩,谁让咱是民工哩。

　　茂田不愿听这话,农民咋了,民工咋了,咱不是来挣城市人的钱了嘛！茂恩,咱买不起舞票？一块钱一张！

茂恩说,你们抬个球杠,我去买票吧？一人一张,咱几个都进去,谁不进去谁是那个！茂恩说着,用手比画出一种爬行动物状。

茂林茂田他们就说,你请客,我们当然进去。

茂恩就真的到售票处买票。茂林茂田他们就做出潇洒风度,很滋润地跟着茂恩往桥上走。

售票的是一位小姐,穿一种像汽车内胎一样饱满的裤子,茂恩说这叫健美裤。小姐脸上露出桃花一样的笑容,很让人有一些想入非非。小姐甜甜地说：对不起啦,衣冠不整,谢绝入内啦！

茂恩他们像给火焰山烤了,顿时就有一种无地自容的感觉。想起来一定是自己汗臭的衣裳和露着"大舅哥"的破胶鞋,让小姐给当成了流亡无产者。

茂恩他们就觉得到城里后已经刷白的牙齿又开始发黄了,竟无一丝力气向小姐宣讲金钱面前人人平等。小姐又一次露出灿若桃花的笑容：几位哥哥,别介意嘛,我也当过农民！也是好心不卖给你们票！想一想,你们进去和谁跳？不跳,进去干什么？小姐这一次说话,使用了茂恩他们家乡的那种语言,一种很亲切的农作物的味道。

就把茂恩他们一个个给弄成了感叹号。

茂恩他们悻悻地回到了小河边。茂恩闷猴一样爬上了河边的柳树,大伙儿也都攀了上去。茂恩他们点上了香烟,悠然地眺望着露天舞场,舞场里的城市男女们煮饺子一样翻滚不已。

茂恩他们嘴上红红的烟火映在了小河里。红红的烟火离小河里的月亮很近,像要爬到弯弯的月亮上去。

电梯里

每天上下班,我都要坐电梯。从家里的十八楼出来,要坐电梯;上到单位的二十楼,要坐电梯;外出办事,还要坐电梯。说实话,坐过多少次电梯,我自己都记不得了。听了我的讲述,朋友羡慕地说:"有电梯坐,真好!"

我咧嘴苦笑,不知说什么好。

其实,坐电梯是件很郁闷、很尴尬、很无奈的事。电梯里只有我自己时,我会看到一只电子眼正盯着我,告诫我说:"你已经进入监控区"。如果,电梯里有两个人,我会自觉地与对方拉开距离,并在心里产生戒备。第三个人进来后,大家会不约而同地站成三角形,可谓三足鼎立。而电梯里有四个人时,我们会各自把住一角,做出退居一隅状。如果电梯里进来第五个人,那家伙就不得不站在中央,接收我们的目光审判了。其实,多数人在电梯里的表现是很简单的:盯着地面或是玩手机。

我们在电梯里的行为确实有些怪异。更多的时候,我选择了沉默不语,不与任何陌生人说话。有时遇到熟人,也只是简单地打声招呼。我约束着自己,因为我确实不知道电梯里会发生什么。对这个特殊的空间,我必须审时度势,保持着高度警惕,并随时准备从电梯里逃出来。

是的,在这样一个封闭的狭小空间里,要避免一些有威胁且怪诞的动作,十分必要。最简单的办法是劈开视线的碰撞,彼此之间,统统视而不见。谁知道对方是什么德行啊?谁知道电梯里会发生什么呀?通常情况下,人与人之间的距离该是一臂之长。可是,在电梯里,能吗?人多的时候,相互间都能听见呼吸了,对方的汗毛孔都清晰可见了。有什么办法呢?电梯里没有足够的空间啊。

当然,我还没在电梯里遇上打劫的事,倒是有一回,我被困在电梯里十一小时。最惨的,还不算我,有个外国人,曾在电梯里被困四十多个小时呢。电梯里就是这样,电梯的生活质量就是这样,有多少人在默默地承受着煎熬啊!

我们的内心是焦虑的,我们不喜欢电梯的环境,我们不喜欢被困在某一个地方,我们想尽快走出电梯。每当电梯门打开的时候,人们会潮水般地涌出来。但我也不得不承认,每当电梯来到的时候,人们会沙丁鱼似的挤进去。

我对朋友说起了我的焦虑。朋友笑了笑,露出了几分不屑的表情。我知道,他是从小地方来的,没坐过几次电梯,不可能知道其中的酸甜苦辣。我故作轻松地说:"你可以来找我玩,可以顺便坐坐电梯。"

朋友揶揄道:"你真是身在福中不知福,每天坐着电梯上下班,不是像坐飞机一样吗?多幸福啊。"

我无言以对。每天坐飞机就幸福吗?再说了,我不是坐飞机,是坐电梯!

朋友与我分手后,很多天没到我这里来了,连个电话也不曾打过。也许,这家伙天天都在坐电梯,天天都在应聘,许多公司深藏在高楼大厦里。终于有一天,他来找我了。看他一脸疲惫的样子,我就猜出了八九不离十。"怎么样?在电梯里钻来钻去的,滋味好受吧?"

朋友提高声音说："真让你猜着了，我每天都坐电梯，什么样的电梯我都坐过了！"朋友喝了杯水，继续侃道，"你猜怎么着，有一次，我被困在电梯里出不来了！"

我担心地问："你被困了多长时间？"想起自己的经历，难免心有余悸。

朋友笑道："我自己把自己困住了。电梯里是四个面吧？四个面是四边形吧？我从门里进去了，到了楼层，竟发现门打不开了。我上下了几次都这样。真是愁死我了。后来，我一回头，才发现身后有另一个门！原来，从一楼上电梯，是这个门；到了楼层，是那个门！进出电梯，不是一个门！哈哈，真是笑死人了！"

"你真笨啊！"我笑颠了。

朋友却一本正经地说："不是我笨，是我们需要学习的东西太多！城市，太伟大了，好东西太多了，太值得我们学习了！"

我忧心忡忡地说："电梯是一个飞速移动的空间，我们并不知道它是如何运作的，我们看不到它的引擎，我们没有控制它的能力！"

朋友挥手大叫："真哲理啊，这就是城市的真谛！"

看着朋友手舞足蹈的样子，我似有些不认识他了。

大　头

大头听说我的稿子上了报纸，就让人捎话给我，想在我的名字后面加上他的名字。

我一听就笑了,这怎么能行?我写的是文学作品,又不是写的新闻、通讯。我对捎话的人连连摇头。大头这人我知道,从小就显得活泼可爱,淘气里带着几分机敏,顶着一颗大脑袋,四处晃悠。不敢让他着急,急了,他就会撞头。长大后,他在某单位混事。

他们单位订了几份报纸,如果报上有该单位的名字,考核可以加分。不是我不帮大头,文学写作是个体劳动,不宜添加别人的名字。当然,我也见过报纸上有张照片,作者是五六个人的名字,什么策划、文字、照相、灯光等等,沾点边的都算上了。

这事就这么过去了,好在我平时见不到大头。

可是,后来有一天,大头又差人来找我,还给我带了两盒茶叶。捎话的人说,大头让你写写他,写什么都行,只要是歌颂。捎话的人特意说,事成以后,有重赏。

我很反感"有重赏"这句话。我成了什么?需要他恩赐?我告诉捎话的人,我不写这类文章,写谁谁倒霉。

捎话的人讪讪地走了。

后来,我听说,大头被提拔了,成了一个小头头。这样的人怎么会提拔呢?我百思不得其解。

有人在一旁附和说:大头小细脖,光吃不干活儿!

又有人告诉我说,是大头写的和写大头的那些文章起了作用。我恍然大悟。可是谁帮他写了那些文章呢?

我无意中听说,是老崔帮了大头的忙。老崔,我知道,是个写长篇小说的作者,他的那些长篇小说属于那种自费出版,出版之后就堆在自家阳台上的那种。我估计老崔放下了长篇写作,或长篇小说已经杀青。果然,没过多久,我就见到了老崔的征询意见稿,封面上老崔的名字之后印着大头的名字。

我只能付之一笑了。

看来,大头抱住了老崔的大腿。接下来,就看这出戏怎么唱了。

令人惊讶的是,老崔的长篇小说出版了,据说,老崔没出一分钱。我注意到,大头的名字跟在老崔的名字后面,二人合著了一本长篇小说。

我不止一次用"借船出海"或"借鸡下蛋"来形容大头的成功。当然了,我做不来的事,不等于别人做不来。

不过,令我郁闷的事还在后面。有一天,红头文件下来了,大头又被提拔了,而且成了我们单位的主管领导。

三天后,我见到了大头。他在酒店里宴请我和老崔。

大头灌了我许多酒,连珠炮似的问我,听不听他的指挥?让不让在文章上署他的名字?他叫写谁,谁敢说不写?

我意识到,大头逼问我的时候,老崔在一旁偷笑。

我埋下头,不吭气。无论大头说什么,我都不接话茬。

此后,大头一次都没来找我。

他不来找我也罢。我静下心来,埋头自己的创作,一篇又一篇文学作品见诸报端了。

老崔来找过我。他说,他已经不写长篇小说了,改写精短文章。我问老崔,最近大头怎么样?老崔摇摇头说,不知道。

嘿,老崔居然说不知道。

不知道就不知道吧。我潜心于创作,就把大头给忘了,忘得干干净净。他还是我们的主管领导呢,他不找我,我何必想他?

半年后,我听说,大头被"交流"到外地去了。他去了上海,挂职去了,领导上海人去了。

大头走的时候,没和我照面。

想不到,我突然接到了大头从上海打来的手机。大头要我连夜弄一份材料给他,说是要向领导汇报。真是鬼使神差,我竟然答应了大头。谁让我喝过人家的酒呢?

　　晚饭后,我去了办公室,打开电脑,浏览了相关资料。其中有一份某某市的经验很不错。某某市离上海那么远呢。我把其经验改头换面,给上海的大头发了过去。

　　周末,大头从上海回来了。

　　一见到我,大头就哭了,一边哭着,一边撞头。大头哭道,你可把我害惨了!我这才明白了,大头栽了,栽在我发给他的那份材料上。某某市焉能和大上海相比!也许是我疏忽了,有一段文字,我忘了去掉某某市的名字。上海人多精啊,看出来了。

　　大头成了平民百姓。

　　令我愉快的是,大头跟着我,我叫他干啥他干啥,一口一声"老师"。我常常得意地微笑,想不到大头也有今天!

　　老崔却从来不笑。从他的眼角里,我看见了老辣的表情。有时,老崔忍不住说:家有大头,下雨不愁;人家打伞,他有大头!

哥从梦里来

　　导游姑娘沙哑着嗓子,让我们喊她小白。她白吗?她一点都不白。我们很想管她叫小黑,因为她长得太黑了。话说回来,白就白吧,谁不知道,姑娘都喜欢白。也因为她说过一句话:"我曾经很白哦!"

大家都喜欢喊她白姑娘,总是围着白姑娘,问这问那。

我凑上前问:"白姑娘,你是怎么干上导游的?"

"这个嘛,我被大象摸过,感觉很奇特,所以就当了导游。"白姑娘很直率。

"你被大象摸过呀!"我笑道。

她说的我知道。我曾经到云南去玩,观看过大象表演。驯象师请几名游客躺到席子上,一群大象跳着舞,从席子上跨过。大象很调皮,总要用蹄子触摸躺在席子上的人。而且,摸的还是人体的敏感部位,令观众们捧腹大笑。

白姑娘指着一座山寨风情园说:"你们进去后,可不要乱摸!为什么?摸一摸,三百多!"

我们忍俊不禁,涌进了山寨风情园。大概是白姑娘的话响在耳边,无论里面多么热闹,无论主持人如何鼓噪,我们都捂紧了腰包,不肯上前乱摸。摸什么?当然是男人"摸新娘",女人"摸新郎"了。不但可以摸,还可以"背新人""入洞房"呢,只要你肯掏钱。

从山寨风情园出来,我们都很感谢白姑娘。要不是她善意的提醒,准会有人动手动脚,被人勒索走银子。

白姑娘又指着不远处的山峰说:"看一看,像什么?像不像《西游记》里的唐僧、沙僧、孙悟空?"

游客们随着白姑娘所指,朝前方望着。突然有人问:"怎么没有猪八戒呢?猪八戒去高老庄了吗?"

白姑娘笑道:"说得对,这里面没有猪八戒。他去哪了?你们看,侧面那块大石头,像不像猪八戒背媳妇?"

游客们啧啧称奇,连说前面的像,侧面的也像。

白姑娘说:"多数人是喜欢猪八戒的,因为猪八戒有福气,傻吃闷睡,尽想美事。许多人不喜欢一脸正经的唐僧。当然了,也不愿意做火眼金睛的孙悟空。孙悟空总是打妖精,但劳而无功。为什么?惹领导不高兴呗。《西游记》里有背景的妖精,是打不死的,最终都被接走了。孙悟空打来打去的,有什么用?只能让人看笑话。"

游客们都会心地笑了。

我笑着瞅瞅白姑娘。没想到,她看人生的眼光,这么锐利,这么有深度。

白姑娘举起手里的喇叭说:"各位游客,我们是出来玩的,忘记一切烦恼就好!所有的旅游都是这样,上车睡觉,下车尿尿,景点拍照,回家后什么也不知道!"

游客们"哗"一声全笑了,白姑娘说到人们心里了。

白姑娘继续说:"旅游就是这样,三分形象,七分想象,越看越像,越想越像!远看大石头,近看石头大!"

白姑娘妙语连珠,逗得游客们开心不已。

我走在山道上,不由得与白姑娘拉近了距离。我想和她说几句悄悄话,问问她导游这一行的潜规则乃至秘密。

"白姑娘,你长得虽然有点黑,但也是一种风度啊。"我从白姑娘的容貌夸起。

"那是,黑是黑,有人追嘛。"白姑娘骄傲地说,"不瞒您说,追我的小伙子,加起来有一个排呢!"

"一定是当导游晒黑的,每天在山上跑。"

"是呀,把你们送走之后,我还要接下一个团。一个团连着一个团,累死人了。"

"钱很多吧?"

"哪里呀?实话告诉您,每个旅游团,都是导游花钱买的!"

"花钱买的?"我大吃一惊。

"是啊,不花钱把你们买来,我就没有事情做。我们是没有底薪的。有时候,每个月只能挣几百块钱。淡季的时候,只好在家歇着。"

我无言以对,知道不能再问了。

旅游结束的时候,白姑娘领我们去了当地一家土特产专卖店。白姑娘诚恳地说:"你们买不买东西,完全是自愿。但是,我希望你们能配合一下。说白了,旅行社和专卖店有合同。"

我们心知肚明,什么都不必说。

从土特产专卖店出来的时候,许多人都是大包小包的买了许多东西。我们是晚上的火车,要买的东西格外多了一些。

白姑娘却不知跑到哪里喝茶去了。

旅游车送我们去火车站,白姑娘出现了。她沙哑着嗓子,为我们做了小结:"小白感到对不起大家的是,这次没给大家唱歌,因为,我的嗓子哑了。但是,不管怎么说,我现在一定要给大家唱首歌。不然的话,大家会感到很遗憾。"说着,白姑娘欢快而又忧伤地唱了起来:

欢迎你到山寨来,

山寨的花儿为你开。

欢迎你到山寨来,

山寨的阿妹唱起来。

阿哥你从哪里来?

阿哥你从山外来。

阿哥你从哪里来?

阿哥你从梦里来。

……

老丈人

小姨子咯咯地笑个不止。笑啥呀,笑我老丈人呗。对,就是笑她爹。我小姨子说:"俺爹晕不晕?把刷油漆的稀料浇花了,花都烧死了!"说完,继续大笑。

刷油漆这件事我知道。我家刷卫生间的管道,剩了点银粉和稀料。小姨子听说后,也想把她家的卫生间刷一下。我老婆就把东西掂过去了,放在了老丈人家门口。后来,这事儿就从这里拐弯了。小姨子说:"我刷完了,又把东西放在俺爹门口了,奇迹就发生了。"

"俺爹痴呆不痴呆?以为稀料是肥料呢,全浇花了,把花都烧死了!"小姨子又笑了起来,眼泪都笑出来了。

老丈人就在屋里坐着,他没笑。老丈人一本正经地说:"我打开瓶盖,闻了闻,又倒了一点儿,尝了尝,有点苦味……"

"您咋不喝了呢!"小姨子抢白道。

"是呀,您要是喝了,就得去医院洗胃了!"我老婆也忍不住笑了起来。

"还笑呢!你们姐妹俩,怎么不说一声?怎么不告诉老爷子,那是刷漆的稀料!"我严肃地批评了小姨子和我老婆。

"就是,咋没人告诉我呢?"老丈人得了理,提高声音说。

"您就是大脑痴呆!"小姨子又抢白了一句。然后,转向我,拿起一个纸扇子说:"瞧瞧,俺爹的杰作!他老人家剪的扇子,又

歪又斜,歪到哪儿去了!"

我接过扇子瞧了瞧,是用装衬衣的硬纸盒剪的。看起来,老丈人自己动手,自给自足了。

"扇子上还有诗呢,是俺爹自己题的吧?"我老婆拿过扇子,好奇地打量起来。

我已经注意到了,老丈人剪的扇子面上,有四句用圆珠笔写的歪诗:"扇子有凉风,拿在我手中,心里很宁静,东西南北中。"

什么诗呀,这也叫诗吗?顶多算是顺口溜。但我还是装作无限崇敬的样子说:"这就是咱爹的境界,心静自然凉!"

小姨子瞥了我一眼说:"真会溜须拍马!"

我老婆在一边哧哧地笑着。

说实话,当姐夫的,没有不喜欢小姨子的。我曾经把一位文质彬彬的小兄弟介绍给小姨子做男朋友。没想到,半路上杀出来个退伍兵,"一枪"就把小姨子给撂倒了。按照本地的俗称,这位退伍兵成了我的"一条杠"。小姨子成亲的时候,我那位文质彬彬的小兄弟绝食三天,粒米未进。

我老婆把这事儿讲给小姨子听了。小姨子没心没肺,又把这事儿转述给老丈人了。老丈人说:"嫁给谁,就跟谁好好过!"

老丈人就是这样,眼里揉不进沙子,做事钉是钉、卯是卯。

老丈人一天天见老了,特别是他的老爱人进了黑框之后,老丈人越来越不可捉摸了。我老婆曾经不止一次说过,爹的脾气越来越古怪了,说话颠三倒四,而且还总是有理!

我老婆的意思,我明白。于是,稀料事件发生后,我常去老丈人家,陪他说这说那,帮他干这干那。有一天,我还拿来几个大厚本,让老丈人撕纸条。据说,这种方法,很利于老年人发展心智。

有一天,我鼓足勇气,试探着说:"爹,我想和您下一盘象棋……"

老丈人大笑："你和我下棋？你啥时候赢过我？我叫你自己说说！"

我心里偷笑。是的，以往，我陪老丈人下棋，都是让自己输，我从来就没赢过老丈人，我是不敢赢他。

老丈人看看我说："你想下棋，我就陪你下。"又看看我说："今天，我不想下，明天下午吧。"

第二天，是个星期天。我老婆、小姨子，还有"一条杠"，都来了。他们搬着小板凳，坐在棋盘旁边观战。

老丈人呷了一口茶说："开战，你先走！告诉你，不许你让我！你要敢于赢我！"

我明白，老丈人的牛脾气又上来了。

我那位"一条杠"笑道："看俺爹，真像上了战场！"说着，抓过我的棋子，给老丈人来了个当头炮。

老丈人瞪了一眼他："观棋不语真君子，你懂不懂？"

小姨子扒开他爹的衣服领子说："看俺爹，穿了几层衣服？里三层外三层，太隆重了吧？还戴个礼帽！"

我老婆说："爹，您要文明棍不？我给您找一个来吧？谁不听话，就敲他的脑袋！"

老丈人凶道："都别捣乱！"

小姨子却已经笑喷了，望着她爹那副煞有介事的神态，笑得前仰后合。

我对老婆说："我得向老丈人学习，啥时候都不倒架！"

借手表

相亲之前,我想借块手表。相亲嘛,借块手表戴,也不是什么丑事。那个年代,所有的小伙子都这样,不但借手表,还借自行车,借皮鞋呢。有什么办法,谁让家里穷呢。

手表是朝表哥借的。他在城里上班,有手表戴,有自行车骑,也有皮鞋穿。不朝他借,朝谁借呢?

表哥答应了我,撸下手表递给了我。

手表一戴,本人的风度就出来了。我特意选了件长袖衬衫,为的是把胳膊袖子绾起来,露出手表。我要让大家看看,我有手表戴了,我要去相亲了。

当然,戴手表是为了增强自信心。戴手表相亲的概率,会大大提高。有童谣为证:"解放军叔叔好,穿皮鞋,戴手表,领着阿姨满街跑!"二叔家的李二牛,提了干,从部队回来找对象,就是这身打扮。这货,很快就将我二嫂子娶进了门。

我没借自行车骑,我也没有朝任何人借皮鞋穿。我就穿着娘亲手纳制的千层底布鞋。布鞋朴实嘛。再说了,我要让对象看看俺娘的手艺,如果媳妇娶进门,不会做鞋,那还了得!

这样,我就戴着手表去相亲了。

去相亲那天,我将胳膊袖子放了下来。这大概是我的虚荣心使然。我故意将手表藏在袖子里,只有在需要的时候,我才会让手表露出来。也可以说是犹抱琵琶半遮面吧。我不能太逞能,这个时候必须夹着尾巴做人,露出冰山一角,应该是恰当的。

女朋友,哎呀,羞死我了,还是叫对象吧,很自然地就注意到了我腕上的手表。尽管,手表是似露非露的状态。对象很自然地问我:"唉,几点了?"我以大老爷们的姿态,抬起手腕看了看,回答说:"还不到十点呢!"我这么说的时候,发现表针停了,手表没走。幸亏我急中生智,乜了太阳一眼。平时,我们都是这么操练的,看太阳说话,差不了多少。

姑娘咯咯地笑了起来。

相亲之后,我就把手表还给了表哥。

后来,与我相亲的姑娘成了我的老婆。

老婆发现我的手腕上没了手表,就故意问我:"唉,几点了?"

我看着太阳告诉她,几点几点了。我就是有这个本事,用阳光说话,八九不离十。

老婆忍不住了,问我:"你的手表呢?"

我看了她一眼,以不回答的方式算作了回答。

老婆自言自语地说:"我知道怎么回事。"

我呵呵大笑。

手表的事情就这么搪塞过去了。

后来,我进城去看表哥,无意中说到了朝他借手表的事。表哥说:"你没发现表针不走吧?这是块机械表,我故意没上弦。没办法,借手表的人太多了。"

我嘿嘿地笑笑。

其实,我借手表戴,就是个样子。我已经说过了,我看时间是不用表的,我是个看着太阳过日子的人,日出而作,日落而息。

表哥说:"实话告诉你,我这块手表,帮助好多人成就了美事。"又说,"经常有人来借手表,我一律不上弦,不对时间。人家

姑娘可不是来看表的,是来看人的。"

我咧嘴一笑:"这是表为媒!"

表哥摘下手表,递给我说:"这块手表就送给你吧,做个纪念!"

我慌忙用手推挡,嘴里连声说:"我不要!我不要!"

表哥抓过我的手腕,将手表给我戴上。表哥嘱咐说:"要记得上弦啊!"

我心里忐忑不安。表哥把手表给我了,他戴什么?又一想,他总会有表的。听说,时兴的电子表,又准时,又实惠。

我戴上表哥给我的手表回了家。

我希望有人来借手表,戴上它去相亲。可是,没有人来借。什么时候了,已经不是借手表的年代了。我戴了几天,很不习惯,就把它压箱底了。

后来的某一天,我在电视里看见了表哥。我注意到,这货的手腕上什么都没戴。我跑到城里问表哥:"你怎么不买块新表戴上?"

表哥哈哈笑道:"我向伟人学习,三不戴(带):一不戴手表,二不带钥匙,三不带手枪!"

我知道,表哥在跟我胡打渣子。

表哥却一本正经地说:"你发现过时间的痕迹吗?"

我一愣,不明白表哥何以说出这么高深的话来。

表哥扒住我的头皮,揪下一根白发说:"看,你也有了白发!"

"是吗?"我接过那根白发,仔细端详起来。那根白发像一道明丽的光线刺痛了我的眼睛。哦,时间一直悄悄地躲在我的头发里啊,它这次露出了行走的痕迹!

表哥拿出十几块不同款式的手表,让我看了个够。说实在的,看什么我都不稀奇了。

记忆力

不知从什么时候起,老刘的记忆力变差了。要办的事,必须先写到纸上,才能确保不被遗忘。如果不这么做,便会把要办的事情忘得一干二净,即便,偶尔想起来,也是稍纵即逝。

不过,儿子的婚事,他却不能忘记,虽然没写到纸上,却牢牢地记在了心里。对,五月一日,就这一天。大家都放假,都可以请来喝喜酒。

四月份一到,老刘就开始了倒计时,婚礼的各项筹备工作,有条不紊地按步骤进行。千头万绪,邀请一些老同学和老同事,是必需的。老刘早早地就把名单列了出来,谁和谁坐一桌,调整了好几遍。老刘拿着笔和纸,时不时地给司仪打电话,问还有什么事情要办。司仪说,有些朋友,必须提前邀请。因为是"五一",有的人要到外面去旅游。你提前发出邀请,人家会更改出行计划。至少,你心中有数,哪些人不能参加。

在司仪的提醒下,四月中旬,老刘就开始打电话找人了,邀请对方来喝喜酒。找到人,老刘会说一句:"我就不给您发请帖了啊"。对方热烈地祝贺老刘,表示一定来喝喜酒。

"五一"这天,一切都很顺利。接新娘子顺利,办婚礼顺利,举行婚宴也顺利。贺喜的人很多,婚宴大厅里人头攒动,座无虚席,不得不增开了几桌。

可是,老刘的心里却有几分不爽。因为,自己邀请的人,有十

个人未到。这十个人,全是老刘的老同学和老同事。他们是说好了要来的,可是连个招呼都没打,不来了,不知钻到哪去了。相比之下,老婆、儿子、儿媳邀请的客人,全都到了,而且还超员。老刘是个脸儿朝外的人,这就让他的脸儿挂不住。究竟是怎么回事?为什么没来?那就等着见面吧,老刘要当面问问,咋的?请不动你们?是想扇我的脸吗?

每天,老刘在街上行走,就是想抓住那十个漏网分子问问。他不给人家打电话。有的事情,人家容易在电话里搪塞过去。人怕见面,树怕剥皮,当面问问,听对方怎么说?

很快,老刘就在街上见到了孟同学。孟同学正带着老婆逛大街呢。老刘看看孟同学的老婆,和孟同学打了声招呼,到嘴边的话咽了回去。总不能让孟同学下不来台吧?混着都不容易,得给人家面子。

以后,又见到了张同学。张同学也是带着老婆逛大街呢。老刘想问的话,也没说出口,咽回了肚里。

又见到了马同事。也如此。

又见到了吕同事。也如此。

……

十个人都见到了,都是这样,都没问出口。

郁闷,真是郁闷。那就把他们列入黑名单吧,不再和他们发生任何联系,包括将来不参加他们孩子的婚礼。这就叫以牙还牙吧,也叫以其人之道还治其人之身。

渐渐地,这件事就在老刘的心里淡了。只是偶尔想起来,有些小不痛快。毕竟,事过境迁了,大不了井水不犯河水呗。有时候,老刘也在脑子里过过电影,看看自己做错了什么,有没有对不住人家?

十个人中,却不定哪一个,偶尔会给老刘打电话,问个事儿,或者,请他帮个忙。老刘嗯嗯哈哈地答应着,并不往纸上记。这表明,他根本就没把对方说的话放在心上。实际上,老刘的心里早就把对方销号了。

突然有一天,十个人中的某个人找到了老刘,说是要用钱,要老刘无论如何帮他一把。

老刘冷冷地说,我没钱借给你,我给儿子办婚事,钱都用光了。老刘心说,我就是有钱,也不借给你!

对方盯着老刘问,你儿子结婚了?

老刘话里有话地说,是啊,当时,我通知你喝喜酒,你怎么没来呢?老刘故意不说"邀请",故意说"通知",故意不提高对方的档次。

对方拍着脑袋大叫,呀,有这个事?是你没通知我,还是我忘了?

老刘平静地说,我肯定是通知你了,但你忘了。

对方脸一红说,你怎么不给我写个请帖呢?有了请帖,我就不会忘了。

老刘问,说一句"忘了",这事儿就完了?

对方争辩说,那怎么办?我给你补上礼金吧?给你封个红包?

老刘一愣,没想到对方会这么说。

对方嘀咕道,我来管你借钱,还要给你封个红包!

老刘说,谁要你的红包?又说,你走吧,我没钱借给你!

对方迈着螃蟹步,很不高兴地走了。

望着对方的背影,老刘有些报复后的快意。不过,心里又有几分懊悔。这是怎么了,人生的路,怎么越走越窄了?

晨练的人

每天早晨,他总要出现在公园。晨练的人看见他,纷纷避让。人们为什么要躲避他呢?难道,他是个瘟神?

只见他神情肃穆,低声默诵着伟人诗词:"风雨送春归,飞雪迎春到。已是悬崖百丈冰,犹有花枝俏。俏也不争春,只把春来报。待到山花烂漫时,她在丛中笑。"

他还默诵伟人的另一首诗词:"暮色苍茫看劲松,乱云飞渡仍从容。天生一个仙人洞,无限风光在险峰。"

……

他的声音低沉而雄厚,人们都能听得见。看他举步维艰的样子,歪着肩膀,似乎在拖着镣铐行走。人们不免要猜测他的身份,对他议论纷纷:真是字正腔圆啊,他演过话剧吗?他得癌症了吧?将不久于人世?

不管人们怎样议论,他依然保持着固定的神态,在公园里漫步。是的,他的一双眼睛放射着些许光芒,显示着他的性格,如同一支即将燃尽的蜡烛。

渐渐地,人们习惯了他的到来。世界上什么样的人没有呢?曾经多么辉煌的人,到头来不也是普通的花甲老人?人们已经不在意他了,开心地做着各种健身运动,一个老男人竟跟在一群年轻女人的身后,猴子般的跳着健美操。

人们随心所欲,其乐融融。

人们尽情地玩乐着,忽视了他的存在。

他仍在公园里踽踽而行,歪着肩膀,低沉着嗓门,默诵着一首又一首伟人诗词。仿佛他心中有一种信仰,支撑着他活到今天。

有一天,他转过了身子,开始在公园里倒着行走。

这真是个怪异的老头,难道不怕摔坏了身子?于是,人们又对他议论了:瞧,他已经开始倒计时了。他该写回忆录了,回首往事。只有倒着行走,他才能看到走过的路,都是弯的。

人们没心没肺地议论着,对他评头品足。

他似乎没有听见。

他仍然在一步一个脚印地倒着走路。一边倒行,一边默诵着伟人的那些诗词。倒着行走,使他的视野突然开阔了,看见了从前没见过的风景。是的,不管脚下的路是直的或是弯的,都不必担心摔倒。反正,路是通向前方的,可以不必考虑什么目标。其实,需要考虑什么目标吗?早就有人设计好了。

他一圈儿一圈儿地在公园里行走。一会儿正着行走,一会儿倒着行走,不管采取哪种方式,他嘴里总要默诵那些伟人诗词。

人们对公园里出现这样一个白发苍苍的老者,早就习以为常了。他的存在,也是不存在;他的不存在,也是存在。有什么呢?地球不会因为多一个他而停止转动,也不会因为少一个他而静止不转。

有一天晨练后,人们发现了他的去处。

人们跟在他的身后,看见他脚步蹒跚着走向了太平街。太平街因为坐落着医院的太平间而得名。每天,都有人从这里去上帝那儿报到。人们曾要求给太平街更名,但从未得到正面答复。人们懒得再多说什么。太平街就太平街吧,谁没有那一天呢?

他就住在太平街。这个发现让人们深思良久。难怪他坦然

面对死亡呢,死神每天都在向他招手啊。在死神面前,他是多么淡定啊。看着那么多人上西天,他真是修成仙了,炼成佛了。人们又开始了对他的议论。议论来议论去,也没有什么新鲜的观点,都是些老生常谈。人们只好闭上嘴巴,盯着他的背影,消失在太平街的深处。

人们哪里知道,他早就耳聋了,什么都听不见。但是,他的脑子还好使,嘴巴也管用,他默诵的那些伟人诗词,表明曾经拥有过辉煌。虽然,以后的日子,就是等死,但他视死如归,一直坚持着晨练。多活一天,就多赚一天。这个简单的想法,维持着生命的每一天。

人们全然不知道他的想法。人们只是知道,随着时间的推移,许多东西都会蒸发掉的。人们有理由认为,他这个岁数的人,行将就木,晨练还有什么意义呢?

卖面具的人

每天早晨,我的店铺一开门,便会涌进来各种各样的脸。这些脸,一张张生动可爱。他们望着我,说着一样的话:"给我拿一张面具,对,要那张。"

我取来顾客点名要买的面具,看着对方把面具戴在脸上。顾客已经变成另一个人了,骄傲地对我说:"我现在就是一个神,脱离了自己的肉身,进入了幻想赋予我的神力。"

"是的,您获得了自由。戴上面具后,您与尊贵的人平起平坐了。"

"谢谢。许多非常之事都是在戴着面具的情况下创造出来的。"

"您戴着面具的样子,真的非常好。您想变成一条巨龙,您就是巨龙。您想变成一只老虎,您就是老虎。祝您一切梦想成真。"

顾客非常满意,高高兴兴地笑着,付款走人。

我微笑着接待每一名顾客,他们就是我的上帝。当然,我的脸上也戴着面具,永远充满灿烂的笑容。

毋庸赘言,我的店铺开张以来,总是顾客盈门,数不清的人们从我这儿买走各式各样的面具。令我自豪的是,我卖的面具,品相出色,人们戴上,显得更加英俊、聪明和乖戾。这些面具,展示着老实厚道和神情专注,看上去很有力量,令人心生喜爱。这么多人喜欢我的面具,也正是生意红火的重要原因。

为什么人们喜欢面具呢?我常想这个问题。也许,面具更有助于人们改变生存的境遇吧?是的,戴上面具,仇恨可以变成微笑,复杂可以变成简单,一切皆在掌控之中,为什么不呢?

但我没在意,生意却在悄悄地下滑。有一天,我的店铺没有卖出一张面具。不久,我店铺里那些面具就落满了灰尘,有的甚至发出了霉味。

我百思不得其解。难道,人类忘记了自己的真实处境,抛弃了面具?或者说,有人发明了比我的面具更强大的面具,可以同一切对抗?

我展开了市场调查。果然,有人发明了一种"人皮面具",正在网上热卖。这种"人皮面具",厚薄如纸,瞬间即可完成变脸,比我店铺的那些面具具有更高的仿真性能,更能够以假乱真。

我掏出钱来,从网店里订购了一张"人皮面具",戴在了脸上。这是一张"明星脸",让我笑不自禁。

但我相信,过不了多久,就会有法律界人士站出来说话,要求取缔"人皮面具"。因为,它会导致侵权事件的发生,极易出现错案和冤案。

不出所料,法律界人士出面干预了。很快,"人皮面具"就成了众矢之的。我打赌,要不了多久,它就会被扫进历史的垃圾堆。

很自然的,人们又回到了我的店铺,购买那些面具——简洁而粗糙的玩具。

"我们是买着玩的,并不时刻都戴在脸上。"

其实,我早就明白这些。顾客购买面具,也就是戴几天,新鲜劲一过,就束之高阁了。就像那些戏剧脸谱,许多人买回家去把它挂在了墙上。说到底,无论什么样的面具,主人总要卸妆回归本真的。例如,某演员化装成某国元首,除了迷惑敌人之外,还能有别的意义吗?他能把自己当成万人拥戴的国家元首吗?

我淡然地面对着那些进进出出的顾客。我突然体悟到,人们是不需要戴那些面具的,不需要藏起自己的脸。这种不戴面具的面孔,比戴着面具的面孔更加可怕。你看,在阳光下,人们的脸上,写满了笑容或冷酷,表情永远不变。

我关掉了店铺。同时,也撕下了戴在脸上的面具。

我上了街。

大街上的人们对我视而不见,一个个素面朝天。人们想着各自的心事,脚步匆匆。也有人显得自由散漫,没心没肺地傻笑。

后来,我看见了一些脸色发红的人,他们或许喝了酒,豪情万丈。或许,天生就是那类害羞者,一害羞,脸就红。

以往,我是发现不了这一点的。

老穆获奖

　　老穆是个获奖专业户,连年获奖。今年获奖,还是有他。以往的颁奖大会,都是在大礼堂召开,张灯结彩,很是热闹。

　　可是,机关的一个小厮打电话来说,今年的颁奖大会不开了,领导说要改一改会风,改在领导的办公室里举行,领导亲自为每个获奖者颁奖,并宣读颁奖词。请每一位获奖者,准备好获奖感言。

　　这让老穆感到新鲜。也好,改一改颁奖的形式也好。但又很发愁,愁的是,该怎样准备自己的获奖感言?

　　这些年,老穆这奖那奖没少得,从未写过什么获奖感言。不知谁的花屁股门,出了这么个鬼主意。也是的,往年参加的那些表彰会,有的开得好,有的开得并不好。老穆记得,有一年开颁奖会,获奖证书发乱了,张三的颁给了李四,李四的颁给了王五,王五的颁给了赵六……又一年,改革了,只发证书的空壳了,不发里面的瓤了,让获奖者散会后自己领走自己的瓤。又后来,又改革了一次,事先把获奖人员叫到了大礼堂,由一个假冒领导的小厮领着,教大家排练了一次。

　　这些,老穆都表示理解。这是为了避免张冠李戴,为了避免发生低级错误。

　　可这次,真的使老穆为了难。如何写获奖感言呢?老穆不知所措,几天都没动笔。

这事挺复杂。也罢,复杂的问题用简单的办法。老穆索性不准备了,到时候再说吧。他相信这样的道理,车到山前必有路。

太阳暖洋洋的。

小厮又打电话来了,通知他去办公楼领奖。

老穆骑上车,去了办公楼。

小厮让他在会议室等着,所有的获奖者都在会议室等着。小厮强调说,领导要向每个人宣读颁奖词,还要为每个人颁奖;每个人还要宣读自己的获奖感言。每个人下来,最少也得十分钟吧。

老穆只好坐在会议室等。

有人拿着获奖证书,从领导的房间出来了。

老穆很想上前问问,进去后啥情况?紧张不紧张?又憋住没问。再说吧,反正领导不会挖个坑将谁埋了。

轮到老穆了。小厮领着老穆,进了领导的办公室。老穆看见,除领导之外,还有电视台的两个人。

领导见老穆来了,让他对着阳光站好,为他宣读颁奖词。阳光照射在老穆的身上,感觉很温暖。老穆相信,领导为自己宣读的颁奖词,和别人的肯定不一样。因为,领导是位有个性的领导,不然的话,领导也不会站到现在的位置上。想到自己和别人的颁奖词不一样,老穆的心情就有些激动。

领导大声地宣读颁奖词,语气抑扬顿挫。然后,领导又为老穆颁奖,将一本红彤彤的获奖证书颁给了他。小厮示意他,该他宣读获奖感言了。

说什么好呢?老穆的脸色憋得通红,半天才吭哧出来了一句:"感谢领导的培养!"

领导满意地点了点头,拍了拍他的肩膀。

老穆满脸通红地走出了领导的办公室。

一些等着被领导颁奖的人,想从他嘴里问些什么。老穆摇摇头,笑了笑。

第二天,机关大院里贴出了光荣榜。

老穆看见自己的名字,名列榜中,也看见了领导念过的颁奖词。让他奇怪的是,领导给每个人的颁奖词都一样,这令他百思不得其解。再看自己的获奖感言,登出来的只有一句话,就是那句"感谢领导的培养!"看到这句话,老穆感到脸上发烧。因为他明白,任何先进,都不是领导培养的,都是自己干出来的。

转天,老穆见到一个熟人。熟人逗他说:"祝贺你,领导单独为你颁奖了!我们也学习你的获奖感言了。通过学习你的感言,大家都要进步了。"

老穆白了熟人一眼,话里有话地说:"我很有动力!内在的动力!"

说完,老穆就走了。每向前走一步,心里就突突地发抖。他想,以后,怎样保持先进称号呢?

慈善秀

丁大拿同意捐款了,同意向慈善事业捐款。不同意也不行,红头文件压下来了,大款捐大钱,小款捐小钱。说白了,就是资助政府搞一台慈善晚会。丁大拿也知道,这回政府玩大了,打算请100多个国际小姐登台献艺!也就是请国际小姐扭扭屁股走几步。当然,这几步,不是白走的,要按国际惯例拿钱!

政府办的人笑着说,大拿呀,你不该对政府有意见吧?没有政府的扶持,哪有你的今天?别忘了,你还是个政协委员呢!再说了,也不让你白掏钱,准备让你当慈善大使呢。红头文件你也看了,全市要设1000个慈善组织、5000个慈善大使。只要你拿钱,就让你当慈善大使!慈善大使,走到哪里,都是鲜花和掌声呢!

丁大拿笑道,没说的,不就是买100张门票吗。260块钱一张,100张26000元,我认了!

政府办的人又笑了,来找你,可不是光让你买门票的,你还要拿赞助费。赞助20万,没问题吧?

丁大拿问,要我赞助20万,干什么用?

政府办的人说,你拿20万,让你当颁奖嘉宾。从目前的情况看,20万只能拿到颁发二等奖的资格了。

丁大拿说,这样吧,我出30万,让我颁发一等奖!

政府办的人笑了,一等奖你颁不成了,有人预定了。你就颁发特等奖吧,特等奖40万。

丁大拿沉吟片刻说,好吧,我就出40万,让我颁发特等奖!

政府办的人击掌大笑,好,就这么定了,让你颁发特等奖!

经过紧锣密鼓的准备,慈善晚会如期举行。华灯四射,异彩纷呈,丁大拿被小厮们簇拥着,坐到了前排的位置。环顾四周,全是警察,看来是保卫国际小姐的。丁大拿知道,这是应急预案,万一出现骚乱了,总要动用警力的。

很快,演出开始了。国际小姐走着猫步,闪亮登场。人们欢呼起来了,纷纷朝国际小姐致意。花枝招展的国际小姐,举手投足间,呈现出绝色女人的无限魅力。丁大拿还是第一次近距离欣赏世界级美女,两只眼球不由得要射出来了。

100多个国际小姐亮相后,本地演员献上了几个土著的戏曲、武术、杂技节目,将中西合璧的舞台艺术推向了高潮……婀娜多姿的国际小姐,经过三轮献艺,决出了名次。丁大拿已经注意到,台下坐着一群煞有介事的评委,多是来自五大洲四大洋的老外。

颁奖的时刻到了。丁大拿来到后台,准备上台颁奖。颁奖的顺序是约定俗成的,先颁三等奖,再颁二等奖,然后颁一等奖,最后才颁特等奖。这个潜规则,丁大拿懂。这些年,他也上台领过奖,深谙颁奖之道。

终于,三等奖、二等奖、一等奖都颁发完了,该丁大拿上场了,该他隆重颁发特等奖了。可是,丁大拿的双腿却不听使唤了,止不住地颤抖。刚才,他亲眼看见了,颁发一等奖的,不是别人,竟是市长!不是说,颁发一等奖的人选,预定好了吗?原来,是市长啊!自己敢超过市长吗?这不是吓唬人吗?

丁大拿竭力安抚着自己,颤抖着双腿,走上了舞台。面对荣获特等奖的国际小姐,他的脑海里一片空白,激动得手足无措。主持人随机应变地说:"看啊,政协委员丁先生多么激动啊,这就叫作英雄气短,儿女情长,爱江山更爱美人!"

主持人插科打诨,引起了一片哄笑。

丁大拿的手颤抖着,把奖杯递给了国际小姐。他瞄了一眼国际小姐,忍不住心里赞叹:漂亮,太漂亮了!若她是自己的老婆就好了……丁大拿不由自主地踮起了脚尖,要站得和国际小姐一样高。他知道自己的个头矮,抻抻拽拽还没有三块豆腐高,如果不踮脚尖,那不就被国际小姐比矮了吗?丁大拿不但踮着脚,还拉起国际小姐的一只手,摆出了意气风发的POSE(姿势),示意台下的人给他照合影像。

几台摄影机把这个瞬间定格了,数十部照相机闪个不停。

突然,丁大拿觉得自己的脊梁骨发软。他感觉到了,市长正在用犀利的目光削他,削他的脑袋。

几天后,丁大拿小心翼翼地把那张合影挂出来了。人们在背后说:"丁大拿,腿粗,太粗了!同国际小姐照张相,40万!"

冯老踹

冯老踹,顾名思义。这个人姓冯,老挨踹。可以说,他是个肉操,煮熟了都剁不烂。因此,老有人踹他的屁股。踹他屁股,也踹不出一个屁来,日子久了,人都喊他冯老踹了。

仔细观察,冯老踹这货,性子真慢,不是一般的慢,似乎像没有方向感的螃蟹,永远在地上慢慢地爬着"之"字。你说他家着火了,他都不会加快步伐。他说什么?他说,人生的终点是火葬场,每天,我们都在朝着火葬场走去,要那么快干什么?急着去送死呀。听听,他这话似乎还有几分哲理。这种慢吞吞的性格,最好打发他去排大队,从早上排到晚上,他都不会烦死。

他还不爱说话,遇上什么事,该他表态了,想听听他的意见,你就得把他当作慢慢爬行的蜗牛,要有耐心才行。否则的话,他闷着葫芦,半天不开瓢,半天吭哧不出来一个屁,不是把你急毁了吗?如果,你想快刀斩乱麻,对老踹这种一辈子都扎不出来血的货,就可以忽略不计,就当他在世界上不存在好了。你不能等他,你等不起。

当然,有时候,你等不起,也得等。比如外出旅游的时候,只要老踹参加了,任何活动你都得慢3拍,你得把他当作最后一个到位的成员。举个例子说吧:有一次,去桂林旅游。参观完景点,大家都上车了,却等不到他。左等他不来,右等他不来,就派人四下里寻找。等找到他时,发现他正和一块大石头合影。石头不会说话,老踹却能和石头产生共同语言。这种情况下,你不能发脾气,你发脾气没有任何用。你只能哄他,让他快走。可能他心里很有数,知道旅游车不会开跑,旅游团的人一个都不能少。这样的次数多了,无论坐火车、搭轮船、乘汽车,他都晚点,晚点成了家常便饭。你的脖子伸得再长,伸成了长颈鹿,他也不着急。不过,有一点需要说明,老踹从来不坐飞机,说飞机速度太快。上高层楼房,他也不乘电梯,宁肯一层一层往上爬。他说,电梯忽上忽下,眼一睁一闭,人生的几十秒没有了!

这样一个以慢为准则的人,只能让他去当慢腾腾的老黄牛了。当然,让他去当老黄牛,并不是让他去农村耕地。农村耕地,早就机械化了。让他做什么好呢?让他去学校教学,教政治、教哲学。让他一个字一个字地去抠马列的原著,把深奥的道理弄通。俗话说,慢工出细活,他还真把马列的一些原著啃下来了,包括那4卷厚重的《资本论》。他讲起课来,一环紧扣一环,一套一套的,滴水不漏。看不出来他是个半路出家的人,都以为他是科班出身。其实,他哪里上过正规的大学呢?充其量是自学成才吧,或者说是个野干家。他这样的人,是少有的人,放到哪里,都是块宝了。领导真是喜欢他这样的人,喜欢不用扬鞭自奋蹄的老黄牛。后来,企业里成立党校,就让他当副校长了,把重担子压给了他。

人们没料到老踹会当副校长,老踹自己也没料到。那就以身作则吧,稳扎稳打,步步为营。老踹亲自登台给学员们讲课,讲政治,讲哲学。来党校上课的都是各级领导,学员们都很尊重老踹,他讲课的时候,绝不逃学,也不随便走动。老踹也明白,这些人来上党校,是来镀金的。因此,考试的时候,也关照他们,睁一只眼闭一只眼,让他们随便抄。老踹知道,以后,有很多事,是要麻烦他们的。比如,往市里跑事吧,要个车,还不是人家一句话?

老踹这么做,就有些偏离人生的准则了。可是,不这么做,又怎么做呢?倒是他慢吞吞的性子没改,说话办事,还是慢声细语,怕吓着了蚂蚁。不能兼济天下,那就独善其身吧。他常常点灯熬油,弄到深夜。当然,点灯熬油是个形容词,现在早就不是古代了,不是刀耕火种的岁月了。党校已经能颁发学历证书了,虽说是内部粮票,也总得对得起良心啊。老踹起早贪黑地治学,一直熬到退二线,熬到软着陆。

退下来后,老踹并未闲着,还在研究政治、研究哲学。有机会,就到二级单位去讲学,国内外发生了什么,他就讲什么,发表自己的见解。虽说是老生常谈,却讲得津津有味。讲得多了,有些人就烦,就不爱听。只要听说老踹来讲课,就想溜号。掌管会议室的人,就想了个主意,就弄了把大锁锁门。只要老踹一开讲,马上就锁门。时间久了,就传出来一句格言:"让老踹给你上上课吧?"

老踹不知道这些,仍转动着自己的大脑思考。思考成熟了,就用嘴巴讲出去。人们都说,生活本来是一团麻,老踹咋就不烦呢?

腰带松

腰带松是个女人。女人有这个绰号,难免让人不往坏处想。她咋得了这么个绰号呢?看看她的面相,就知道了。她爱笑。她笑的时候,肚子往里缩,腰带就不由自主地松下来了。有一次,笑得太狠了,腰带一松,裤子竟自动掉下来了。

爱笑的女人,总是有男人来招惹的。招惹她的男人,都在打她的主意,想占她的便宜。来找她的男人就很多。"腰里别副牌,见谁和谁来"嘛。人们都这么说她。等到文化大革命一开始,腰带松就被专了政,挂牌游街,脖子上挂着一双破鞋。找他的那些男人,也像蚂蚁似的被穿成了串,胸前也挂了牌子,牌子上写"坏分子×××",陪她游街示众。

腰带松就这么遭人唾弃了。

后来,游街的事渐渐少了,只要不被军管会逮去,就不会被游街。腰带松也成了自由人,没人管她。搁现在,更没人管了,到处都是小姐,小姐都是腰带松。可那时候,腰带松仅是个别现象。有她这么一个就够了,足够人们没完没了地嚼牙根。

有一天,腰带松怀里抱了个粉嫩的婴儿,在门口晒太阳。女婴,眼睛很大,一看就是个美人胚子。腰带松对邻居说,是我女儿,我亲生的。

也没见她挺肚子啊,她啥时候生孩子了呢?人们议论纷纷,纷纷议论。

人们格外留意腰带松家的房门了,看谁从她家里出来,看他是哪一路神仙?然而,人们很失望,并没有发现想要看到的故事。

给她下种的男人是谁?没人知道。腰带松拖着孩子,屎一把,尿一把,把孩子拉扯大。她娘俩是怎么活下来的呢?说不清楚。唉,别说了,不说了,人活一辈子,不容易啊。老天爷还饿不死瞎家雀呢。

直到二十年后,给腰带松下种的男人才出现。

男人是来向腰带松求婚的。男人死了老婆,要续弦填房,打算娶腰带松进门。毕竟,她为他养过一个女儿。人们围在树下,议论这个求婚的男人。那时候,捉蚂蚱游街,那一串男人里怎么没有他?啊,用屁股想一想,也会明白,他是一个埋藏得很深的漏网的蚂蚱。

男人信誓旦旦地说,要和女人过后半辈子。男人还说,早就想听女儿喊一声"爹"了。腰带松一把搂住男人,哭得泪流成河。

男人回到家里,招呼前妻所生的儿女过来商议,爹要再婚。儿女们一听,爹再婚的对象是腰带松,当即炸了窝。儿子指着爹说:"你咋那么不要脸呢?敢背叛我妈!你们还——还有个孩子!"女儿也说:"要她们还是要我们,你自己选!要她们,就让她们给你养老送终,我们管都不管!"

男人咬着牙,和腰带松把婚事办了。男人离开了自己的家,住到腰带松家里了。

腰带松的女儿却不接受他这个爹。在父母结婚的头天早上,不辞而别。她去了哪里,没人知道。

往事不堪回首。腰带松常常独自落泪。

男人很体贴她。男人虽然老了,但总是想陪她去南方寻找女儿。有人在南方见过一个漂亮的女子。据说,长得很像他。

男人问,要不要把女儿找回来?腰带松摇摇头说:"孩子的路,让她自己走去吧。"又望着男人说,"我们能在一起过,这辈子,值了。"

男人还是悄悄地去了南方,见到了自己的女儿。

男人告诉女儿,你的生母,因为难产,当时就死了。养你的那个女人,是我的一个朋友。现在,我和这个朋友组成了家,难道,你不该回家吗?

老黄和老二

老黄当兵走的那天,下着鹅毛大雪。也没人送他,家里的人都没来送。也没谈女朋友,自然没有女孩子送。老黄就这样踏上了开往北疆的列车。部队发了棉大衣、棉皮鞋、棉帽子,新兵们武装起来,个个都高壮了许多。

在新兵连待了三个月,就去守边疆了。有时候,骑着马在边防线上巡逻;有时候,穿着大衣在哨卡远眺;有时候,趴在雪窝里埋伏。

北疆的气候冷啊。老黄常冻得上下牙齿打战。老黄那时还是小黄,浑身肌肉,没怕过谁。

冰天雪地,也不知是怎么熬过来的。三年的时间,眨眼就过去了。老黄从一个大头兵,还原成为一个老百姓。

老二也回来了,从南疆回来的。当年,老二当兵去的是南疆,正赶上南疆打仗。有一天,敌人的炮弹呼啸着飞来,老二就像电

影上演的那样,扑到了手握望远镜的首长身上。就这样,老二火线入了党,提了干,穿着四个兜的衣裳,荣归故里了。

老同学相见,分外亲热,一个北疆,一个南疆,有说不完的话。老二的女朋友在一边倒茶,红袖添香。老二什么时候处的女朋友,老黄还真不知道。

老黄是群众,老二是干部。但他们的酒喝得一样多。虽然,扯的都是车轱辘话,但越扯越稠,和拌了红糖的米饭一样,又甜又香。

很自然的,就扯到了同窗十载。老黄和老二,是一块儿翻墙头长大的朋友。只不过,上学时,老黄是班干部,老二是班干部管制的对象。每天,老二的最大乐趣是直呼老师的绰号。几乎每个老师,都被他起过绰号。当然,老二也给同学起绰号。老黄的绰号叫老黄牛,简称老黄。老二说,老黄憨傻憨傻,长得像一头老黄牛,怎么看怎么像。

老黄知道老二。这几年,去南疆没有白混,不管怎么说,人家是扛着军功章回来的。老黄就很尊重老二,笑着管老二喊了声"首长"。

老二很高兴,就以"首长"自居,不断地给老黄指点人生。老二进入了这种状态,就刹不住车了。

老黄对着高谈阔论的老二,嘿嘿地傻笑。

他们以退伍军人的身份,被地方安置到了同一家工厂。不同的是,老黄仍然是群众,老二则进了干部科。老黄是出大力流大汗战高温夺高产,老二是一张报纸一杯茶水混一天。

一晃,七八年过去了,老黄的头发半白了,貌似小老头儿。老二则穿着白T恤,进出办公楼。

后来,老二从干部科出来,到二级单位做了一个官。

望着老二的背影,老黄想,当初,我咋就没想到往前蹿一蹿呢?

老二却似乎什么都不想。其实,他什么都想,想得很多。他的一根根头发往下掉,就是最好的证明。

后来,老二点了老黄的名,让他去小车班开车。老黄说:"我不会开车呀。"老二说:"你笨啊,你不会学?"

就这样,老黄成了老二的专职司机。

老二让老黄去哪儿,老黄就去哪儿;让老黄啥时候出车,老黄就啥时候出车。老黄从来没有二话,像一头听话的老黄牛。

老二也不亏待老黄,每到逢年过节,总要封个包,给老黄意思意思,送送温暖。

老黄却暖不起来。都是同龄人,做人的差距咋就这么大呢?老黄很后悔,后悔当年去的是北疆,北疆没打仗,没有机会趴到首长的身上。老黄嘴上不说,心里很不平衡。真是的,人比人得死,货比货得扔!

让老黄想不到的是,企业改革了,人员"一刀切"了,到了岁数或工龄,一律都得下来。下来干什么呢?回家抱孩子去。老黄心里真高兴啊,他找到了平衡点。现在好了,自己和老二平起平坐了。

但是,他很快就高兴不起来了。老二并没有回家抱孩子,而是改换门庭,投靠了一家私企,拿的钱比国企都高!

这是咋回事呢?老黄一头雾水,只好坐在街头打牌,或者陪老头儿们闲聊。

日子过得很无聊。

有一天,老二开着一辆宝马,停在了老黄打牌的路边。老二把头伸出车窗说:"老黄,跟着我干,看仓库,怎么样?"

老黄不由自主地点了点头。

老黄再也没有什么想不通的了。说到底，老二又给了饭碗。没有老二，自己能有这份工作吗？喝西北风去吧。

老黄就跟着老二起早晚归了。

年底，老二给老黄发了个奖状，把老黄感动得只想流泪。

你要证明你自己

银行的小妮儿让他出示身份证，没有证的话，就不给他存钱。

他很郁闷地说，我忘带了。又说，我是存钱哪，存一万块钱，又不是取一万块钱！

银行的小妮儿客气地说，无论存钱、取钱，都需要您的身份证原件。

他很不明白，科技不是发达了吗？办事该方便了，怎么越来越难了？

银行的小妮儿不再理他。

他只好回家取证了。他不由得叹了口气。

他的家在大坡顶，蹬车很费劲，气喘吁吁。

十年前可不是这样，十年过去了，什么都要证了。想想看，一个人一生中要办多少个证？报纸上说，要办一百零三个。他认为这个数字不准确，社会生活中，要证的环节多了，远不止一百零三个。也有的人说，一生中要办四百个证的。总之，这要证，那也要证，干什么都要证，只差放屁不要证了。没有证，寸步难行！搞得老百姓没有办法,真不知道怎么办才好了。

　　回家拿了身份证,再往储蓄所去,得经过两个红绿灯。也是红绿灯给他添乱,每个路口都是红灯发亮,禁止通行,不让他一路畅通。他看着身边的人和车辆想,都有证吗?当然有证了,红绿灯出厂时,有合格证!

　　再次走进储蓄所,与上次不同了,上次是前面排了三个人,这次是前面排了十二个人,多了九个人。不就回家拿了个身份证吗,多出来这么多人!

　　他在排号机上取了号,坐在铁椅子上耐心等待。

　　他百无聊赖地看着墙上的各种图表、数字。

　　他像傻子似的盯着红灯闪闪的电子报时器。

　　他听见手机的歌声很大,有人在对着手机大声讲话。

　　他闻到有人在食用韭菜馅包子,还滋溜滋溜地喝着牛奶。

　　……

　　时间在一秒一秒地往前移动。

　　总算轮到他了,他终于听见喇叭里喊他的号码。这时候,他就是一个号码。喇叭里只叫三遍,无人应答,这个号码就作废了。

　　他快步走近营业窗口,如释重负地吁了口气。

　　窗口里的小妮儿,叫他把排队号码、身份证、填写的单据全都塞进去,当然还有一万块钱。他不由得想,不容易呀,真不容易!还是有文化好,没有文化,这堆东西咋弄呢?

　　几分钟后,小妮儿扔给他一张存单,他的一万元存单。呵呵呵,还有纪念品呢。纪念品是个不锈钢盆,很小的一个盆。

　　他喜笑颜开地走出了储蓄所。

　　他感觉到阳光很刺眼,这才意识到,已经中午了。

　　他踩着单车,迈上了腿。就在恍惚之间吧,他连车带人摔倒

了。当他坐到地上时,才明白,储蓄所门口发生了车祸。一辆面包车撞上了一辆三轮车,三轮车又把他挂倒了。

人们很快就围住了事故现场。

他坐在地上,看见了自己刚领的那个不锈钢盆。小盆从自行车筐里掉出来,滚在了一边。

他无话可说。尽管他是这场交通事故的受害者,可是,什么都没看见。

后来,面对交警的询问,他只说了一句:"有身份证吗?"

他这句话,很令人费解。

其实,他心里是明白的。如果不是来银行存钱,不是回家取身份证,不是遇见两个红绿灯,不是……是不会遇到这场车祸的。

所以,他只会说一句话:"有身份证吗?"

人们都笑了,笑他被撞傻了。

储蓄所的人出来看热闹了。小妮儿看见了他,也看见了那个不锈钢小盆。小妮儿心挺好,又跑进去,给他拿了个不锈钢盘。这是慰问他呢。他站了起来,脸上也笑了起来。

他拿着两个不锈钢盆回了家,喋喋不休地讲述了事情经过。

老婆不以为然地说,办这么点事,用了一上午,还差点被撞死了。

他气得闭上眼睛,不说话了。

养神,养神哪。

后来,他想起来了一件事:自己的身份证呢?

他连忙起身去找。可是,哪里找得见呢?

第二天,他又去了储蓄所。他的身份证果然在那里。可是,人家不给他。因为他不能证明自己,他必须出示有效证件,以证明自己的身份。他问昨天那个小妮儿去哪儿了?储蓄所的人告诉他,那个小妮儿休假了。

他理直气壮地说,你们把我的身份证还给我,不就万事大吉了吗?

储蓄所的人都不再理他,理他干什么,对牛弹琴尔!

他不得已,去了公安局,又去了社区,还去了其他几个地方。与他接触的人都笑他,真是个呆子,跑来跑去,这么点事儿都拿不下!证明不了自己就是自己!

广场舞

天刚擦黑,我抹抹嘴,去了城市广场看跳舞。广场上那么多人在跳舞,有数百人,或上千人。舞曲波澜壮阔,人们像煮饺子一样翻滚不已。

我从来没见过这阵势。跳舞的人们排着队,一个跟着一个,伸展着四肢。

是的,舞曲的声音很大,震耳欲聋。

我全神贯注地盯着孙老师。孙老师是我的邻居,也是广场舞的总领。他的嘴里叼着一只哨子,不断地向舞蹈者发出指令。人们随着孙老师的指令,做出整齐划一的动作。这些动作很笨拙,或像提线的木偶,或像皮影戏里的小丑,煞有介事地扭动着。一句话,动作简单而机械,毫无美感可言。不过,人们的神情却很陶醉,沉浸在雷鸣般的舞曲中,亦步亦趋。

我不由得想起了前些年流行的"打鸡血"。这么多人,真的

像打了鸡血,亢奋地翩翩起舞,真是滑稽可笑。

当然,唱对台戏的人是有的。

不知从哪儿开来了几十号妇女,拧开音响,妙曼地舞了起来。这才是真正的广场舞啊,我驻足观赏着唱对台戏的妇女。

孙老师下令把音响调大。

对方毫不示弱,也调大了音响。她们的舞姿却不好看了,似乎要和谁打擂。

孙老师遂下令将音响调到最大。

对方也将音响调到了最大。

后来,双方的音响都停了下来,人们争吵的声音一浪高过了一浪。

后来,这个城市的调解员过来了。

调解的结果是双方各跳各的舞,各放各的舞曲。

我知道,优胜劣汰的法则,最后的结果可以想象,一方将另一方吃掉。

从第二天起,这个城市的广场不再宁静。舞曲的声音很大,很狂躁。人们经过广场的时候,不得不捂上耳朵。好在广场周围没有居民,四周是博物馆、图书馆、展览馆、运动馆、饭馆和其他公共建筑。广场上原有的交谊舞、滑旱冰、太极拳、踢毽子、打羽毛球等健身活动,渐渐地消失了;散步的、喂鸽子的、谈情说爱的,也悄无踪迹了。只有广场舞的声音,一曲接一曲地拼命号叫,撕裂了城市的夜空。

双方就这么对峙着。

终于有一天,对方偃旗息鼓了。对方人影绰绰,十分冷清。最终,有人悄悄地加入了孙老师的队伍。

孙老师的队伍不断地壮大,像滚雪团似的越滚越大。广场有

N个篮球场那么大,跟着孙老师跳舞的人,把广场都占满了。孙老师把追随者分成好几列,每列选出一个小队长,围着广场绕大圈儿。这几个小队长甚至统一了服装,穿着一模一样的运动服,成为夜色中的标杆。

孙老师不再指挥队伍。他站在一边,观看人们跳舞。他也照管音响,确保舞曲高高飘荡。

人们不在意指挥者是谁,反正动作简单,伸展一下胳膊腿儿,总比猫在屋子里强,锻炼身体吧。许多人并不知道孙老师是组织者,只是相约着去广场跳舞。

孙老师虽然是我的邻居,可我们彼此之间话不多。不过,我心里还是希望他不断扩大美誉度的。有一天,我对他说:"有一些人,不知道你是组织者。"

孙老师睁大了眼睛:"您说什么?我要他们知道干什么?"又充满骄傲地说:"您瞧吧,今晚,我要统一全市各个广场的人,同一个时间跳舞,同一支旋律跳舞,同一个动作跳舞!"

我有些吃惊。据我所知,全市有二十几个广场,那些跳广场舞的人,都会听他的话吗?

到了晚上,我就把这个事忘了。当我一个人来到广场的时候,孙老师拉住了我。他让我看他的手机,看看别的广场在干什么。我歪头一看,他正在用手机接收图片。孙老师得意地对我说:"怎么样?我说得没错吧?您都看到了,这些图片是别的广场发过来的。您看看,是不是和我们跳的一样?"

我无话可说,只能嘿嘿地傻笑。

举目望去,广场上那些舞者,全都像注射了鸡血似的,亢奋地翩翩起舞。人们的表情是庄严的,一个个显得煞有介事。

孟老大

孟老大也就是老孟，老孟是老年大学的学生。

老年大学嘛，就是为老年人开办的大学，是哄老年人高兴的。许多老年人没上过真正的大学，退休后，竟然上大学了。啧啧，老年人各个眉开眼笑。明知道，此大学非彼大学，他们还是很高兴，一本正经地来上学。

为了歌颂老年大学，老孟写过一首长诗。他写的是那种"老干体"，很有激情，也合辙押韵，就是用词不大讲究。他在诗中把老年大学简称为"老大"，人们的嘴都笑歪了。后来，人们就管他叫"老大"了，全称"孟老大"。

老孟有了雅号，感觉十分光荣，走到哪里，办什么事，都喜欢以"老大"自居，发号施令。本来嘛，老孟就是原单位的"老大"，麻雀虽小，五脏俱全，喊他孟老大，也是完全可以的。再说了，退休的人了，也就是在老年大学里当"老大"，没什么实权。

老孟却把自己的"老大"当真了，一天到晚，顶着"老大"的帽子，到处晃脸。说白了，老年大学没多少学员，也就是四五十个人，一间小会议室装下了。大家在一起写写字，画画画，吟吟诗，创作一批"老干体"。遇有重大节日，展演一番，让现职的领导人鼓鼓掌，题个词。在老孟看来，这是发挥余热的最好机会，所以，他很是卖力，很是得意。他说写字是练书法，画画是搞美术，写打油诗是搞创作。他觉得自己是很有才的，不光有口才，而且有文才,当个"老大",也是一箭几雕的。

　　人们都习惯于喊他为"老大",遇到什么事,也喜欢听他拿主意。树老根多,人老话多。总是有各种各样的事情,让孟老大操心。老孟摆出"老大"的姿态,发表自己的见解,或语重心长,或谆谆教导,把对方说得频频点头。时间久了,人们还真的把他当成了"老大",无论什么事,家事、国事,只要感觉不顺心了,就说给孟老大听。孟老大就是有这个本事,总能动之以情,晓之以理,让人感觉到仙人指路。

　　最近,老孟以"老大"的名义发话了。老年大学的学员们,要创作一幅百米长卷,献给北京,表达自己的爱心。画什么呢?就画百虎图,每人至少画一只老虎。当然,能者多劳,能画的可以多画,反正要将百米长卷画满。可是,长卷一画出来,有的人却是洋相百出。因为,他们并不会画画,画出来的老虎,很像猫,或者说,更像狗。这怎么能送到北京去呢?北京不缺狗啊,北京哪有地方存放这种文化垃圾呢?

　　孟老大决定重画百米长卷。他自己画,在百米长卷上,画一百只老虎,不准别人插手。说不定,画好了,还能惊动电视台呢。他把自己关在屋里,关上手机,废寝忘食,每天画老虎。画得不满意了,就推倒重来。百米长卷用的宣纸是一张张粘贴起来的,局部替换是完全可以的。

　　大家都知道孟老大在家里画老虎,也不便于打搅他。但是,他整天不照脸,似乎也有些说不过去。有人通过特殊渠道找到了他,他总是拉下脸说,找我干吗?我不当老大好多天了!

　　嘿嘿,人们都笑破了嘴。他以为自己是谁呀?他把自己真的当成"老大"了!

　　那就等,等他画完了百米长卷,再找他。

人们就继续在老年大学里上课。反正,多他一个,少他一个,都不算啥。地球离了谁,都照转。

孟老大终于把百米长卷画完了,寄到北京去了。

这回,他有时间了。可是,他没有到老年大学去,而是住进了医院。他躺在病床上,没完没了地打点滴。

有一天,北京来信了。

有人把北京来信送到了医院。读了来信,孟老大很是亢奋,当即拔掉针头,跑到了老年大学。

半个月后,老年大学召开了一次全体学员大会。有人宣布,孟老大担任老年大学的副校长兼老年书画院的副院长。

孟老大矜持地笑着,为每个人画了一只纸老虎。

卖空气

蓝凹斗想卖空气,每天做梦都想。是啊,谁不想发财呢。只是他想破了脑袋,也想不出卖空气的办法。工商局说了,不许他卖空气。理由也简单:空气这种商品,属于真空地带,没有相应的规定,目前不能买卖。

这有什么呢?没有相应规定,做出相应规定不就行了吗?何必那么死板呢?请看,矿泉水能不能买卖?氧气能不能买卖?都是大自然的产物,只要有人买,就允许有人卖!但是,说什么都没用,工商局不听他的。工商局的人告诉他,可以上网去查,从来就不许空气自由买卖。上网一查,蓝凹斗说不出话来了。早些年,就有人打过空气的主意,弄了个空罐头,四块多一罐,人们刚试用了几天,就被工商局查封了,不许任何人空穴来风,净赚空气的钱。

上网一搜,也开阔了视野。有个美国人,曾摆出卖空气的摊子,让人们花二十五美分吸上一口。但那是在美国,美国人什么都敢卖。美国人连枪支弹药都敢卖,卖空气算什么呢?没准儿,还算是奇思妙想呢!

既然,工商局不让卖空气,那就把人们"牵"出去如何?当然,此"牵"非彼"迁"。"牵"是在劳务市场学的,领走一个人,就说"牵"走一个人,如同牵走一头能干活儿的牲口。借用这个词过来,就是把人弄到空气新鲜的地方,譬如老少边穷地区,兄弟民族地区,这些地方都没受到污染,人们很愿意去。对,就是外出旅游。可是,又一想,这是短期行为,要建立长效机制,还要从长计议。

怎么办呢?蓝凹斗一时也想不出来妙计。

蓝凹斗就跑到了海南岛晒太阳,又跑到了南极看企鹅。既不能普济天下,那就独善其身吧。他选择了"闷得蜜",独自把新鲜的空气吸进肚里。有什么办法呢?国内污染那么严重,到处是雾霾天气,一些大城市的PM2.5已经突破每立方米九百微克了。

人们很羡慕他,说他是幸福的,哪里空气好,就往哪里跑,拔开双脚就出发,不要谁批准。

他摇摇头,表示无话可说。

终于,他想出办法来了。这就是卖概念,卖空气的概念,让人们自觉接收这个概念。比如,望梅止渴吧,玩的是不是概念?脑子里出现了梅子的幻觉,就不渴了,这不是玩概念是什么呢?

当然,还要做一些实事。蓝凹斗开始了到处游说,告诉各阶

层人民,新鲜空气是公共产品,应该由政府买单,并通过销售渠道来满足人们日益增长的消费需求……

一个时期以来,人们几乎天天能见到他的身影,天天能听到他关于空气质量的演说。

人们对他的呼吁是认同的。谁都不想吸进那些遭受污染的空气,蓝凹斗站出来说话,必须给以理解和支持。

但是,工商局就是不发话。不发话的原因是没有人给工商局发话。也许,这事儿要站到更高的立场上去认识,免得有人不快乐,心理上不接收。不过,工商局还是给蓝凹斗开了个口子,允许他把形形色色的人"牵"到外地去旅游;也允许他异地办厂,到老少边穷地区加工"进口货",让人嘴里有嚼头,变相地吸一吸新鲜空气。

这当然不是蓝凹斗的最终追求。他的基本态度就是,让人们不跑腿儿,坐地就能吸上新鲜的空气,而不是到老少边穷地区搞食品加工。钟摆式运输,令人深恶痛绝。

其实,有关部门已经就空气质量问题研究过多次了。他们讨论了许多办法,譬如,关停重度污染工业企业,消除汽车尾气,告诫人们少出门,请大家多喝蜂蜜或银耳汤……但是,这些方法统统是治标不治本。他们也议论过蓝凹斗的想法,感觉他很不靠谱,说到底,就是想发空气的财!有人甚至说,就是不能让他卖空气,不能让他当空手道!

蓝凹斗不知道会议上的情况,他还在四处呼号。望着他的背影,人们总要说,这家伙,想发财想疯了!

渐渐地,人们忘记蓝凹斗了,忘记他曾经想过卖空气。

每天,人们照旧用自来水做饭,丝毫不考虑水里投放过消毒药片。也有人去买了氧气,觉得吸氧有利于健康。而对空气,人们想都不想。人们是这么认为的,反正,自己没死,这不就是空气的正能量吗?再说了,即便空气不好,来阵风一刮,什么都没有了。

路人乙

路人乙是一个人的绰号。群众演员的意思,没名没姓,因为他不是主角。

路人乙刚开始到剧团的时候,扮演革命现代京剧《沙家浜》里的匪兵刁小三,就是抢东西的那个坏蛋。他一边抢,一边对被抢的少女叫嚣:"抢东西?我还要抢人呢!"被他抢的少女,吓得浑身筛糠。你说他要脸不要脸?

这个少女,戏演完了,也就完了。但是,他不。一来二去的,他和那个少女好上了。当然,她没想和他好。但是没办法,他非要和她好。

那就好吧。

别人也理解,都到了谈情说爱的年纪。可是,少女的母亲却不同意。母亲说:"放着郭建刚(扮演新四军的指导员)不嫁,嫁什么刁小三?!"

路人乙不气也不恼。谁让自己没有扮演新四军指导员了?

路人乙不争辩,该干吗干吗,继续在剧团里混着。几年下来,他在剧团里,真的成了路人乙,一直没担任有名有姓的角色,全都是些不需要观众知道姓名的群众演员!

好在,路人乙软磨硬泡,把那个被他抢过的少女,弄回家当上了老婆。

路人乙就更加与世无争了。

直到有一天他发现,路人丙超过他了,噌噌噌,跑到了他前面,成了路人甲,后来,又神不知鬼不觉地成了团里的台柱子。

渐渐地,路人乙也就习惯了,习惯于当路人乙了。他经常以群众自居,向城市调查队发表自己的见解或感慨。后来,他索性泡在了街上,专门给陌生人指路,或者搀扶步履蹒跚的老人过街。这时候,他的耳畔经常想起一个伟人的声音:"一个人做点好事并不难,难的是一辈子做好事不做坏事。"贵在坚持,一年四季都是如此。他常想,自己这样活着也不错,也算是一个有益于人民的人了。可是,接下来发生的一件事,却让他对生存的世界有了重新的认识。那天,他搀扶一位老人过马路,他原以为没事了,可是那位老人却一个趔趄摔倒在地。老人的儿女不愿意了,将路人乙告上了法庭!

路人乙真是百口莫辩。

可是,有什么办法?路人乙不得不承认命运多舛了。

是的,许多事,自己是没办法的。路人乙只能安下心来和老婆一心一意过日子了。

老婆也争气,给他生了个大胖小子,每日相夫教子。

路人乙常和儿子开练。当然,都是他争先,儿子给他垫底。这情景,老婆看不下去了,就数落他:"你和儿子争什么争?等儿子大了,早晚你得甘拜下风!"

儿子也说:"爸,等我长大了,让你服我!"

儿子正一天天长大。

儿子很听妈妈的话,没有去剧团跑龙套,而是考上了一个大专。

考上大专的儿子很出色,举止言谈,有些和他平起平坐的味道。儿子从来都不仰视他,而是平视他。

他有些害怕儿子的目光了。

儿子只用了几年,大概是五年吧,就让他看见两腿泥了。

他也不是一天两天感到世界变化这么快的。就说通讯吧,刚开始,家里装了电话,他还有一些小激动;后来,儿子给他配了 BP 机,他就安之若素了。又后来,儿子问他会不会发电子邮件?他才有些意外。儿子说,我都用上苹果手机了。

真的,他听不懂儿子的话。在电子通讯方面,儿子是个高手。他终日沉浸在古老的唱腔中,自得其乐。

他经常对老婆喊:"抢东西?我还要抢人呢!"喊完,他大笑。

老婆则不理他。

这时候,他总要对天长叹:"我就是个路人乙啊!"

更多的时候,他明白,自己连路人乙都算不上。

盲人协会

我到盲人协会办事,竟发现这里没有一个盲人。你说怪不怪?盲协怎么会没有盲人呢?

我拦住一个官员模样的人问,盲人去哪了?

官员看看我,瞪大了眼睛。盯了我片刻,他说,你不就是个盲人吗?

官员为什么这样讲话？当然，我知道他的意思。那意思是说，我对一切视而不见，不然，不会提这个愚蠢的问题。

我想破了脑袋，终于明白了，这是个什么"协会"。凡是协会，都应该是搞服务的。盲协呢？就是为盲人服务的社会组织。当然，所有的协会都一样，无非就是看看报，打打电脑。是的，我已经明白了，盲协为什么没有盲人。放一个瞎子在那里，他能做事吗？不要小瞧这些。这也是工作，对不对？请问，盲人会看报吗？会打电脑吗？

我来了兴趣，决定去盲协帮几天工。我总算个正常人吧？电脑我是会的，我要让电脑成为盲人的大脑！

盲协的老张，听我说明了意图，很吃惊的样子。老张大声对我说，盲协是残联的一个分支，残联又是政府的一个分支，你来什么来？你脑袋进水了吗？我们不需要你！

我愣在那里，不明白老张何以这么说？

我管不了许多，越是不让我来，我越是要来。我就在盲协的门口蹲着，凡是找盲协办事的人，都要先过过我的眼睛。

第一天，有个来问路的人。我客气地拦住他说，你可以去问盲人老刘，老刘是个活地图，全城的地方，没有他不知道的。我告诉那个问路的人，如何找到老刘。

第二天，有个来问事的人。我客气地拦住他说，你可以去问盲人老郭，老郭心里装着天下事，什么事问他，他没有不知道的。我告诉那个问事的人，如何找到老刘。

第二天，有个来求医问药的人，要找盲人医生老王。我客气地拦住他，告诉了他老王的诊所。

……

我乐此不疲地做着这些事情，感到人活着很有意义。

盲协的老张不愿意了。有一天,他和盲协的小李站到了我面前。小李是个小伙子,五大三粗。那架势,非要赶我走。老张威胁我说,再瞎说,打瞎你的眼睛。小李则伸出两个手指,要抠出我的眼球。

　　没办法,我只有先撤退。我躲到他们看不见的拐角处,拦截着那些要去盲协问事的人。确实有一些人被我拦截住了,没有进盲协的大门。

　　直到有一天,有个官员找我谈了话,通知我调到盲协工作。我这才知道,老张内退了,小李下岗了。

　　我兴致勃勃地来到了盲协。

　　我开始做盲协的工作,接替老张和小李。

　　让我郁闷不已的是,几乎没有一个人来盲协办事。每月所需要的表格,我打开电脑,下载就是。我知道,这是小李过去的事。而老张,就是看看报纸,喝喝茶水。

　　时间一长,倍感无聊的我,变得越来越空虚了。无形中,我离盲人朋友越来越远了。我仿佛听见他们说:"盲人协会吗?没有一个盲人!"接着,我便听见了盲人们的笑声。当然,那是嘲笑我的。

　　后来的某一天,我到残联去开会。我惊讶的是,残联都是健全人,没有一个是残疾人。

　　会后,残联主席将我留下来谈话。他谆谆教导我说,要珍惜自己的岗位呀,你代表的是盲协的形象呢。盲协的形象,就是残联的形象,也就是政府的形象。

　　我语塞,不住地打量眼前的残联主席。

　　我注意到,残联主席是个女的,很漂亮。往下我就不多说了,你懂的。

后来,我就经常往残联跑了。

有一天,残联主席对我说,你也去办个残疾证。说着,她拿出自己的残疾证给我看。她的残疾证书,标着"耳聋"。

我的脑袋嗡地一下,大了。

自打我办了一张残疾证后,盲人就彻底远离了我。渐渐地,我对盲人们的特长,也说不清了。我不知道老刘会干啥,老郭会干啥,也不知道开诊所的老王在哪里。

每天,我只会和人胡"喷"。"喷"是我们这儿的方言,就是侃大山的意思。我听见有人对我"喷"道,盲协真是个锻炼人的地方。还有人对我说,你已经成精了。

我听了,只是嘿嘿地笑笑。

我经常去找老张,也喊上小李。拉他们两个去街上的小酒馆喝酒。让我不解的是,他们俩总是要发一阵子呆,才和我拼酒。

慢通道

这事儿真让我感到奇怪。

我在超市里买了东西,必须通过慢通道,才能到达收银台。我排在行动缓慢的老人、拖儿带女的人身后,蜗牛般的移动着脚步。嘿嘿,不知为什么,我那颗原本浮躁的心,渐渐平静了下来。

是啊,没有什么比排队这件事更能显示人与人之间的平等了,先来后到,这是最公平的自然法则。排队的人,一个个悠然自得,丝毫不担心背后会射来灼热的目光。人们都在享受慢慢来的惬意,有人漫不经心地哼着小调,我则在随心所欲地遐想。

我心中冉冉升起了一轮明月。"一个人在这苍茫的月下,什么都可以想,什么都可以不想,便觉是个自由的人。白天里一定要做的事,一定要说的话,现在都可以不理。"哦,朱自清的《荷塘月色》,使我觉得生活更细致了,更需要我们的耐心。

是的,现代人的生活节奏越来越快了,我们正在丧失"慢的能力"。高速铁路、快递公司、速冻饺子、催肥激素、立等可取……似乎一切都可以快而更快。没错,我们正在为追求速度而付出代价,焦虑如影随形。大家都在急吼吼地向前奔跑,早就忘记了温柔与儒雅,从容与淡定,那些从远古流来的闲适风致,荡然无存。我们这个社会,推崇的是"快鱼吃慢鱼",你不快,别人都在快,比如 VIP 卡、会员卡……

我的脑子无边无际地想着,不知不觉中,双脚已走过了"慢通道",来到了收银台前。

结完账,一位先生喊住了我。这位自称"慢通道"设计者的老板,请我来到了隔壁的"慢下来"茶馆。

"来一杯吧,Tea or koffee?"老板笑容满面地说。

我听懂了他的意思,问我喝茶还是喝咖啡。

"喝茶吧,清茶一杯。"我彬彬有礼地说。

我知道,喝茶需要慢慢品。闲暇的时候,我喜欢坐在静谧的一隅,将一杯清茶捧在手中,让自己的心远离尘世的喧嚣,隐于浊世之外。品茶如品人生,可感悟人生的点点滴滴,获得最贴心的精神安慰。

想不到的是,我点了清茶,老板自己却点了咖啡。

"咖啡,浓烈而热烈,盛产于欧美。盛开的白色咖啡花,缀满枝头的咖啡果,形成了独树一帜的咖啡文化。"

呵呵。我笑了起来。虽然,我不喝咖啡,但也略知一二。在我的印象里,咖啡的背后是罪恶,这种充满香气的黑色液体,曾被人喻为"市民社会的黑色血液"。然而,出于礼貌,我还是对老板表现出倾听的样子。

"我最爱喝咖啡。坐在咖啡馆里,叫上一杯滴漏咖啡,聆听着一滴滴咖啡在杯中激荡,时间似乎放慢了脚步,思绪也由起伏不停而逐渐趋缓,这就是我设计'慢通道'的初衷。"

看来,我误会了老板,清茶与咖啡竟然异曲同工。这大概也是一种和谐。

"人们购物之后过来喝一杯,不好吗?"

"我们太需要闲情逸致了。"我沉思着说,"人们除了每天'在路上'的惶惶状态,更需要观赏路上的风景。我们安静下来,扪心自问,是不是'在路上'太久了?我们的心灵自由还存在吗?"

"所以,我设计了这家'慢通道'超市,播放轻缓、舒适的曲子,让人们的脚步慢下来。"

"您聪明极了,人们不光把脚步慢下来了,目光也慢下来了,一切都慢下来了。人们反倒从您的超市购买了更多的东西。"

老板矜持地微笑着,为我的一针见血。

几天后,"慢通道"超市的旁边,竟冒出了一家"在路上"网购公司。而老板,正是请我喝茶的那个人。

全家福

这些天,我急得抓耳挠腮。搬进这个小区好多天了,我竟连一个邻居也不认识,更别说知道谁是谁家的人了。小区的人,几乎全都扬着脸走路,谁也不搭理谁。也许,这就是现代人之间的心里樊篱?也许,邻居们一辈子都要老死不相往来?

看来,我得做一些事情了。

我的记忆力还行。任何人从我面前经过,我都能记住他的面孔。而且,我还有手艺,玩着照相机,开着一座影楼。我采取了极其隐蔽的方式,看准了谁进谁家的门,就找机会把他(她)们"咔嚓"了。渐渐地,我积攒的家庭信息多了起来。我知道谁和谁是夫妻了,也知道谁是谁家的老人了,还知道谁是谁家的孩子了。这就叫作火力侦察吧。

但我不急于把这些图像出手,免得有人不理解我的动机,到法院告我"侵犯个人肖像权"。怎么办呢?我说服了妻子和孩子,首先把自己的家庭图像公布了出去。小区门口的电子显示屏上,出现了我与家人的生动笑脸。我们挥着手,向小区的全体居民致意,告知我们的全家福。

效果很不错。当天,就有几户居民找到我,请我把他们的全家福搬上大屏幕。我这才知道,他们是小区的居民代表,小区的很多事情,是由他们出面协调的。

就这样,我跨上了打破坚冰的第一个平台,给这几个家庭拍

摄了全家福,挂到了大屏幕上。于是,从大门进进出出的人,都能看见这几个家庭的笑脸了。我相信,要不了多久,许多家庭都会来找我拍摄全家福的,挂到小区的门口,让全体居民记住他们。

可是,前来找我拍照的居民并不踊跃。许多人,一看见我拿着照相机,撒腿就跑。有人找到我,义正词严地指出,不得透漏他们的家庭信息。经居民代表点拨,我才知道,有的家庭正在闹离婚,有的家庭正在为房产打官司,有的家庭住房是张冠李戴……

这么复杂啊。我陷入了沉思。

我找到几位居民代表商量,问他们有什么办法摆脱这种尴尬的局面?

一位居民代表安慰我说:"您别急,办法总是有的!办法总比困难多!"

另一位居民代表郁闷地说:"过去,人和人之间是没有距离的,是互相关心、互相信任的。怎么现在,动不动就讲距离美、讲隐私了?"

第三位居民代表认真地说:"这事儿,还得依靠组织。我们的组织是谁?就是社区呀,社区领导着小区!"

……

居民代表们议论纷纷,决定一块去找社区。我们有了问题,不找组织找谁呢?

社区主任笑眯眯地接待了我们。听我们叙说了原委,社区主任当即表态说:"这是个好事呀,我们支持!"又说,"看我们的吧!"

第二天,社区就在小区的门口贴出了安民告示,说下月初,社区将举办"新家庭摄影作品大赛",望小区居民以家庭为单元参赛,月底截稿。

许多人都看见了告示,有人还把奖项读了出来:"一等奖,五百元;二等奖,二百元;三等奖,一百元;入围奖,纪念品。"

我作为大赛的评委,去了社区开会。我真不知道,社区除了发告示之外,还做了哪些工作,如何发动居民们参加?

月底的时候,社区收到了数百件参赛作品。仅我所在的小区,就有一百多件。

社区主任神秘地告诉我:"一等奖空缺。记住我的话,不会错。"

影展开幕那天,展厅里来了很多人,有上级领导,也有来自各小区的群众。这些人谈笑风生,指指点点,评论着摄影作品,发表着个人见解。

看来,这真的不是我们一个小区的事儿了。

评奖的结果出来了。一等奖空缺,二等奖、三等奖、入围奖都有我们小区的份儿。更多的人,拿的是入围奖,一本证书和一个钢精锅。

每天,我们小区门口的大屏幕上,都显示着"新家庭摄影作品大赛"的信息,图文并茂。画面上的全家福,喜气洋洋,举着证书和奖品。

来请我拍照全家福的人,渐渐地多了起来。

批评者

学者很注重收集新鲜的观点，丰富自己的视野。新鲜的观点，既可以耳目一新，又可以活跃脑细胞。不过，学者乍听到"批评也是生产力"时，还是让自己笑喷了。什么奇谈怪论啊，批评居然可以是生产力！大家互相批评好了，还用得着下大力气去发展生产力吗？生产力真是个筐，什么都敢往里装！怎么就没有人站出来，向歪理邪说做斗争呢？

其实，也用不着和谁去理论，现在是个言论自由的年代，或者说是个多标准的年代，谁想说什么就让他去说好了。学者倒是想见识见识这个说"批评也是生产力"的人，看看他是个怎样的人，是不是奇才奇貌？

这个人听说学者要见他，马上就大摇大摆地来了，一到来，就不卑不亢地坐到了学者的面前。

学者打量着这个人。也是两个肩膀顶一颗脑袋嘛，五官齐全，不多什么也不少什么，很普通的一个家伙。

这家伙是个见面熟，开口就谦虚地说请学者多关照，多批评多教育。

学者对这家伙就有了好感。现在，大言不惭的人多了，不要脸的人多了，会吹牛的人多了，这么谦虚的人，还真是不多见！学者矜持地笑了笑，用温和的口吻说："听说，您认为——批评也是生产力？"

"是啊!"这家伙马上提高了声音,"虚心使人进步,骄傲使人落后。只有拿起批评的武器,才能保持清醒的头脑。为什么?扫帚不到,灰尘照例不会自己跑掉!为了保证生产力的健康发展,我们不需要温良恭俭让,我们需要正确的批评导向!"

学者满意地点点头:"您说得很对,请继续说下去。"

"现在,能坐下来听取批评意见的人,真是太少了。到处都在互相吹捧,到处都在玩弄假大空。似乎谁批评谁了,就是状态不正常了,就要被开除批评界!说到底,不就是'红包批评'吗?不就是'人情批评'吗?今天,我们急需用真正的批评来净化身边的空气,急需用真正的批评来促进生产力的提高!从这个意义上讲,批评就是生产力!"

学者情不自禁地点了点头。学者知道这个主张批评的家伙说的是什么。不是吗?有人为了出名,花钱请人来"批评",赚足了眼球,撑破了腰包。学者站起身来,与这个主张批评的家伙握了握手:"让我们成为最好的朋友吧!"

主张批评的家伙拉着学者的手,狠狠地摇晃着:"太好了,我就等着这一天呢!"

学者和这个主张批评的家伙走到了一起。他们肩并肩、手拉手,出席了各种研讨会、论证会、听证会,该发表批评意见时,主张批评的家伙就会跳出来唱反调,指出对方的谬误之处,如论点失理、论据失误、论证失当等,严肃批评对方的观点将会桎梏生产力的发展。这时候,学者就会率先为批评者的意见叫好。看他们一唱一和的样子,与会的人很快就分不清东西南北了。人们一个个面红耳赤,不明白这是为什么,怎么会冒出来否定意见呢?

学者和主张批评的家伙联袂出场,用"生产力"说话,总是语出惊人。

私下里,学者对主张批评的家伙说:"还是要留一点情面,不要一竿子把一船人都打翻了。"

主张批评的家伙说:"我就是要勇于批评他们,批评也是生产力!"

学者笑笑:"你的翅膀硬了,我的话你听不进去了。"

主张批评的家伙翻着白眼说:"您说这话,我不爱听,您就是有了错误,我同样要无私地批评您的!"

学者忍无可忍地说:"谁给了你批评的权力?你不要动不动就摆出批评家的嘴脸!"又说,"谁来批评你?!你不要忘了,你是希望我批评你的,希望我帮助你的!"

主张批评的家伙摊开双手,绅士般地说:"我无话可说,我无可奉告!"

学者苦口婆心地说:"我研究过你了。你是靠批评吃饭的,无论谁说什么,都会遭到你的批评,你是先反对了再说!对吧?我没说错吧?什么批评也是生产力?完全是拉大旗,作虎皮!生产力是很神圣的东西,你怎么可以用生产力来吓唬人呢?"

主张批评的家伙,抱着脑袋一声不吭。

学者又说:"有些事,是需要细水长流的,你懂不懂?不然的话,谁来请我们去做批评?说来说去,批评谁呀,不就是去作个秀吗?"

学者还想说什么,却发现身边空空如也。

学者这才意识到,私下里那些话,是自己对自己说的,是自言自语。

苏坏水

苏坏水有多坏？举个例子说吧，小时候，他上树掏老鸹窝，掏出来一窝小老鸹。小老鸹的毛还没长全呢，一个个肉蛋精光。苏坏水找来些桐油，涂抹在小老鸹的身上。然后，将小老鸹放回了窝里。小老鸹长了好多天，长不出一根毛来！大老鸹气急败坏，向着行人呱呱地嚎叫，还向行人俯冲，见到人就用翅膀扇，还用尖嘴啄人的眼。可以想象，小老鸹永远不会长毛了，永远是不会飞的肉蛋了，大老鸹怎么能不气愤呢？

苏坏水就这么坏。坏水，民间俗称硫酸，具有很强的杀伤性和腐蚀性，人们恐之不及。

"好汉不当兵，好铁不打钉"，说的是旧社会。新社会也有人这么说，说的是赖人。因此，赖人也往部队里送。有什么办法？苏坏水这样的赖孩子，只能送部队捶打捶打，把他百炼成钢。进了部队，苏坏水还真的变成了另一个人，没两年，竟入党了。

一入党，就有人给介绍对象了。介绍的是卖电影票的小吴。小吴人长得漂亮，也贤惠。苏坏水回家相亲，一见就钟情了。有了对象，苏坏水的心就毛了，就想着复员回家了。心里有事，睡不着觉，整日无精打采，和病了一样。怎么让部队批准复员呢？苏坏水想到了住院，就捂着肚子喊痛。军医说，要化验大便，就开好了化验单，让苏坏水弄点屎过去。苏坏水并没坏肚子，化验粪便也化验不出来什么。但是，苏坏水有脑子，脑子一动，计上心来。

他跑到厕所,盯住了一个拉稀屎的屁股,等人家拉完,挖了一些稀屎,就送到化验室去了。

化验单就是证据。苏坏水就泡在医院里住院了,需要的话,随时可以挖别人的稀屎去化验。时间长了,住了三个月,赶上老兵复员,就脱了军装。

脱掉军装,回家就娶了美娇娘。人们虽不知苏坏水是怎么回来的,却明白他是为什么回来的。男大当婚,女大当嫁,人们都理解他。再说了,解放军里,又不少他一个,有没有他都能打胜仗。苏坏水娶了美娇娘,却忍不住嘴痒,没几天就把秘密抖出来了,说自己化验了别人的稀屎。木已成舟,新婚的妻子怎么能责怪他呢?只能一心伺候了。

苏坏水如鱼得水,过上了幸福恩爱的小日子。他娶了个如花似玉的美娇娘,却改不了"坏"的本质,见了漂亮的女人,总要搭个话,套套近乎。有时候,还瞅住机会,摸人家一把。女人一般都不真心反抗,俗话说,"男人不坏,女人不爱"。女人会装模作样地捶他,即便真捶,捶到身上,也好比做按摩,美得苏坏水乱哼哼。他会趁机扩大战果,用肢体语言同捶他的女人对话。通常的手段是掐女人的屁股,或用胸脯蹭蹭女人的乳房。女人的身体像过了电一样,女人"嗷"一声大叫,跳出圈外。女人一边逃窜,一边骂他"苏坏水",还说要去找车间领导告他。但并没谁真的去告,等再见了他的面,反而嘻嘻地笑个不止。

人缘好,不但女人喜欢他,领导也器重他,让他当了班长。当了班长,各方面就要冲锋陷阵了。苏坏水很能干,加班加点毫无怨言。也很能和领导搞关系。那年月,蔬菜统购统销,每天,菜农往城里送菜,由市场管理员批到各菜店去。苏坏水就和批菜的拉上了关系,弄些新鲜的蔬菜给车间主任送去。常年弄人家的菜,总得谢谢人家。怎么谢呢？苏坏水发现，批菜的人好吸烟，但缺少一个水烟袋。苏坏水就动了脑筋，想弄块黄铜做一个。不久，他就找了块黄铜，用破布包了包，夹到了自行车后座上，打算弄出厂门口。可刚走到厂门口，黄铜就掉出来了，惊得他出了一身冷汗。原来，门岗在厂门口放了块槽钢，就是让那些骑车的人下车接受检查的。当然，也不是每个人都检查，只要你神情自若。心里没鬼，不怕喝三碗凉水。问题就出在了这个环节上，黄铜经不住槽钢的"格料"，咣一声，掉到了门岗的眼皮子底下。

这件事的直接恶果是，厂门口的光荣榜上，当天就把苏坏水的照片抠下来了。前天，刚把照片贴上去的，树他为先进工作者。出了偷黄铜的丑事，光荣榜上就不能再有他了。念其是复原队伍军人出身，念其是党员身份，厂党委责成他写出深刻检查。

车间党支部书记找苏坏水谈了话，进一步向他指出盗窃国控物资的严重危害。黄铜是国控物资，是可以作炮弹用的，能炸烂美帝、苏修的碉堡。书记说，要是社会上的人员犯了这事，少说也要判3年！苏坏水头如捣蒜，咬断笔杆，写了篇长达8页的深刻检查。又怕不过关，找本车间的一个秀才润色。秀才在"文革"中曾编写过一本小册子《怎样写检查》。秀才看了苏坏水写的检查说，3页纸就够了，写那么多干啥？写得越多，罪孽越重，越不好过关！

苏坏水恍然大悟，将8页压缩成3页，交给了车间党支部书记。党支部书记让他在车间大会上念念，可把苏坏水羞死了，拉住书记，大哭一场。书记被哭软了，叹了口气，把他写的检查收起来了。

疏离的女人

从小,她就生活在与外界的疏离中了。

她出生在大院,大漠孤烟,横平竖直,枯燥得让她失去了举目四望的欲望。偶尔,她会走出大院,做一做深呼吸,但眼里到处都是荒漠或戈壁。

后来,她到外面去上学,仍未走出原来的世界。从小学到中学,乃至大学,西北的风,总是那么强劲,将她封闭在狭小的屋子里,孤寂而又枯燥。

毕业回来,她被分配到了大院的医院里,就在医院的档案室上班。她这才注意到,这里是院子套着院子,屋子套着屋子。就这样吧,她那颗探究的心,终于怯怯地安放下来了。

她被灌输着这样的纪律:不该问的不问,不该看的不看,不该听的不听,不该想的不想。

身边的世界,除了枯燥无味,就是冷清。她渐渐地给自己套上了枷锁,接受了疏离的洗礼。

好在,男人的世界是精彩的。一个男人闯进了她的生活,带着害羞与木讷,也带着炽情与烈火。

她和男人的爱情瓜熟蒂落了。

她和男人有了可爱的女婴。

女儿长大了,开始牙牙学语了。也就是从这时候起,她开始了一个人的舞蹈,将女儿丢给了自己的丈夫。她常常和心里的那棵树跳皮筋,在汉字的阅读中寻找自我,体会快乐。她知道自己是个有缺口的人,正在等待某些文字的涌入,修补它,契合它。每天,她在文字中过着务虚的生活,庆幸人生竟可以这么度过。一年四季,她想怎么务虚就怎么务虚,一点也不介意日子从眼前匆匆流过。她把务虚的比例日益加大,以至于把务实的部分尽可能地缩小。疏离,挺好。疏离外面的世界,挺好。她是多么心甘情愿地过这种生活。

女儿在她的疏离中,一天天长大了。与别家的女孩儿不同,女儿更亲近自己的爸爸,甚至对自己的妈妈若即若离、可有可无了。

意识到这一点,她惭愧不已。自己毕竟是个有女儿的女人。她在心里说。

于是,某一个晚上,她开始了与丈夫的对话。

"想说什么,你就说吧。"丈夫保持着以往的风度。

她很奇怪自己的感觉。她从丈夫的头上拽下一根白发说:"我所喜爱的一位女诗人,曾说过这样一句话,写作,就是在纸上按下自己的手印,每个人都应该写下自己命定的那一份。"

"呵呵。"丈夫笑了起来,"也许,你已经忘记了我的职业——妇产科医生!我更想写下属于自己命定的那一份。"

"天啊!"她叫了起来。

她想起来了,女儿的出世,就是丈夫亲手接生的。大院的许多孩子,都是丈夫一手抱到这个世界上来的。

她笑着对丈夫说:"抱歉,我给你的太少了,给女儿的太少了!"

丈夫宽厚地笑着:"有你这句话就够了。人总要以某种方式来消磨自己的一生。你提笔写下的东西,无疑也是生活中的一种。但我得告诉你,深呼吸的时候,一定要把头低下去。只有这样,才能避开尘埃,吸到地气儿。"

她很惊讶丈夫这样的答话。在自己的心目中,丈夫多少有些木讷,时常露出专业人员固有的神态。今天,丈夫说出这么睿智的话,竟使她一时语塞了。

丈夫望着她,意味深长地说:"有的话,是不能说出来的,永远也不能说!这样,生活才有滋有味!"

她拥着丈夫,喉头哽咽。

是的,有句话,她很早就想对丈夫说了,却一直没有说出口。现在,听丈夫这么说,就更不能讲出来了。

自己怎么会产生那个念头呢?真是不可思议!上学的时候,有个同学说过,将来嫁人,一定不能嫁给医生。医生什么都知道,对医生而言,人体没有任何秘密!可是,自己不但嫁给了医生,而且,还是妇产科医生!也难怪,那个想法,会魔鬼般地跑出来,舔着她的心头。

这是自己的秘密。可她不知道,怎么会有这样的秘密?

丈夫话锋一转:"我知道,你是在营造某种气息,这就是独立的灵魂!唯有灵魂的独立,别人才能无法抵达!"

她突然推开了丈夫,掩面而泣。

丈夫为什么说出这番话呢?是在捍卫她,还是在讥讽她?但有一点,是可以确定的:这一切,都源于自己对外部世界的疏离!

"妈!"女儿不知何时溜了进来,递给她两张揩泪的纸巾。

她突然意识到了,自己生存的环境并不是横平竖直,其中的沟沟壑壑,折射出的是每个人丰饶的内心。

后来,她这样告诉女儿:"不该问的你也要问,不该看的你也要看,不该听的你也要听,不该想的你也要想。"

女儿似懂非懂。

她还告诉女儿,无论什么时候,都不可以疏离脚下的热土。

立地成佛

真的没想到,会在这里遇见他!真是踏破铁鞋无觅处,得来全不费工夫。为了找他,我寻遍了山山水水。有人对我说,去寺庙看看吧。嘿嘿,果然在一个誉满大江南北的寺庙里,我见到了他!

可他却是一副不认得我的神态,目不转睛,拿着架势,在操场上一动不动。

寺庙里正在开武林大会,天下的和尚都来了,要在这里比武。正赶上举行开幕式,一个个和尚从我身边闪过,黑压压地站成了一片。我知道,任何和尚都不能说话,我只能眼睁睁地盯着我要找的人,思谋着下手的良机。

没错,他就是我要找的仇人。但理智告诉我,这个时候不宜动手,也不宜张口。只有等待开幕式结束,我去告诉寺庙的住持,拿住他。我以前就听说过,许多罪犯逃到了寺庙,漂白了身份,从而逃脱了法律的制裁,有的甚至当上了政协委员……

可是,开幕式后,我要抓的那家伙,却黑旋风似的消失了。

这可怎么办?

考虑再三,我还是向寺庙的住持,也是武林大会的承办者,说明了情况。住持是个六十多岁的老和尚。沉思片刻,他有板有眼

地说:"寺庙不是藏污纳垢的地方,我也希望那些犯罪的人,洗心革面,立地成佛!"我明白住持的意思,要给他点时间,走完必要的程序。

我在寺庙旁边的宾馆住了下来。

天黑后。一条黑影闪进了我下榻的房间。

果然是他!我忍不住怒火中烧,抓起身边的一只水杯。如果他敢动手,我就砸过去,以牙还牙,以血还血!

他却垂着手说:"我知道你到处找我,没想到,你找到了这里。我认罪。想怎样,你就怎样吧,要杀要剐,随你!"

我上下打量着他,发出了胜利者的嘲笑。

这时候,寺庙的住持进来了。住持双手合十说:"施主,你要找的人,我已经送来了。你的话没错,他犯下了滔天罪恶。该怎么处置,听你一句话!"

住持的神态极其镇定。我一时竟拿不准主意。怎么办?将他带走,送到大狱里去?我知道,门外站着住持带来的几条好汉,只要我发话,他们就会协助我将罪犯带走。

见我犹豫着不说话,住持叹了口气说:"唉!他犯了罪,依法治罪,也是理该如此!不过,话又说回来,逃到寺庙里来,也是他命中的造化。只要你同意把他留下,寺庙可以让他脱胎换骨,重新做人!"

听住持这么说,我不由得微微颔首。说真的,即便把他弄回去,判他的刑,又有什么用呢?罢罢罢,反正我已经找到他了,他也在我面前认罪了,还是让他立地成佛吧!

"你走吧!"我威严地说。

他朝我深鞠一躬,泪流满面。

住持挥了挥手,上来一个小和尚,捧给我一壶热茶。住持说:

"这是铁观音,清火的。"

我和住持饮着铁观音,海阔天空地扯了起来。住持告诉我说,寺庙里的确来过一些逃犯,但他们到了寺庙,一个个都脱胎换骨了。换言之,寺庙是个可以改造人的地方。一般人到了寺庙,都会萌发慧根,行善从良!

我呵呵地笑道:"坏蛋到了这里,也可以变成好汉!"有句话,我没说,参观武林大会的时候,我的确见到一些和尚如同凶神恶煞,面露狰狞之色。

住持意味深长地说:"我知道你的意思。实话说,寺庙是个清心寡欲的地方,任何人到了这里,都会立地成佛的!"

我暗暗佩服住持,相信他的话有道理。

住持告辞而去。

我很安然,不一会儿,就在宾馆里睡着了。

天亮后,我去拜见住持。可是,却没见到他。看大门的小和尚告诉我,一大早,住持就带着和尚们去了柿子沟。

"去柿子沟干什么?"我不解地问。

"你问我?"小和尚笑道。

幸福药片

当幸福药片问世的时候,汉斯正在街头游荡。他看见那么多人正在排队买东西,便忍不住好奇,凑了过去。"原来,你们在买药啊。"汉斯笑了起来。

"笑什么笑！这是好药呢！吃了它，可以获得内心的平静与和谐，对什么事儿都可以淡定如水！"

"请问，这是什么药啊？这么神奇！"

"这就是传说中的幸福药片！如果你是个好斗分子，经常提意见或者写揭发信，要把谁投入到监狱里去，那么，你最好服用这种药片。幸福感会让你油然而生，你就不会再对那些肤浅的问题感兴趣，你会报以宽容的微笑！"

汉斯的心咯噔了一下。对方是怎么看出来的，他怀有复仇意识？没错，汉斯曾经为许多问题而困扰，看什么都不顺眼，写了许多举报信。他认为，这个世界的信仰大厦正在倾斜。

"还犹豫什么？快去后面排队吧！"

汉斯摇了摇头。他才不买药片呢！这辈子，他还没吃过药呢。

"他这个人，怎么无动于衷！"

"很简单，他不想重新做人了！"

听了人们的议论和嘲笑，汉斯只能报以冷笑。他知道，自己正在被一群疯子包围着，而自己是个健康的人。

回到家，他惊异地发现，家人正拿着药片，准备吃药。汉斯连忙夺过父亲手中的药片："爹，您老人家，为什么要吃药呢？"

父亲抢过药片，一口吞了下去。然后，慢条斯理地说："我有病，我为什么不吃药？"

"您有什么病？我怎么不知道？"

"你真的不知道吗？你总是批评我，说我不能看电视，一看电视新闻，我就骂，从上头骂到下头，从国内骂到国外！难道，我这不是病吗？"

汉斯一时语塞。父亲的这种状况，确实存在。他曾经批评过父亲,说父亲脑子里有病。

"现在好了,吃了药,我什么都不骂了,看什么都顺眼了,心平气和多了!儿子,你要不要吃一粒呢?满大街的人,都在排队购买,你不知道是什么药吗?我告诉你,是幸福药片。吃了这种药,我会感到分外宁静!"父亲说完,倒在床上,呼呼地睡着了。

汉斯盯着父亲酣睡的模样,默不作声。

也许,父亲说得对,他需要吃药。吃了这种药,从此不会再陷入无谓的争端中,比起那些无意义的反抗所引起的巨大痛苦,不是更有积极的意义吗?但是,他不能,不能苟且偷生。

家人都不理会汉斯,纷纷把药片吞服了下去。

汉斯无奈地叹了口气。他走上街头,望着一扇扇临街的窗口,里面的人,正在吃药。那是一些花花绿绿的药片,无疑,包括玄妙的幸福药片。

难道,只有吞服幸福药片,才会感到幸福吗?

汉斯用冷峻的目光扫视着一切。遗憾的是,万事万物并不因为他的目光而改变,从来就不改变。

汉斯走进了供职的单位。他发现,一些人的桌子上摆着药片,这表明,人们已经吃过药,或正准备吃药。汉斯拿出茶杯,去饮水房接了一杯饮用水。突然,他把接好的水倒掉了。不喝单位的一滴水,防止有人暗算。他这么想着,神态像是一位坚定的灵魂卫士。

其实,单位的人,早就讨论过了,怎样让汉斯吞服幸福药片?他这个人,处处和单位对着干,真令人难受!只有让他吞服幸福药片,他才能变成一头温良恭俭的小绵羊!人们这么说着,却并不动手做什么,因为,吞服药片这件事,说到底,还得看本人自愿。

人们想破了脑袋,还是拿汉斯没办法。既不能这么干,又不

能那么干,到底该怎么干呢?总不能挖个坑把他埋了吧?

好在,汉斯受到了上帝的指引——他经常到小酒馆去,一个人坐到半夜。就让酒精麻醉他吧。人们都这么想。

可是,人们想错了。汉斯虽然到小酒馆去,却并不酗酒。他喜欢小酒馆的氛围。人们喝醉了酒,总要高腔大嗓地说话。酒后吐真言啊。听着人们畅谈,汉斯感到心里特别舒坦。他独坐在酒馆里,常常在想,人类究竟需要什么样的魔鬼呢?

后来,他把自己的想法变成了行动。这就是唱歌。对,就是那种激情澎湃的歌。他唱着歌走路,唱着歌上下班,唱着歌回家。他相信,自己的歌声能拯救人类,能唤醒人类。

没多久,人们都知道了,这个城市,有一个唱歌的疯子。这个疯子,拒绝吃任何药片,包括幸福药片。

留胡子的村庄

这个村庄的男人,都喜欢留大胡子。或者说,大胡子是这个村庄的骄傲,男人脸上的大胡子,像旗帜一样高高飘扬。

每天早晨,男人们从各家各户走出来,打几声喷嚏,开始忙着各自的活计。这时候,你会看到各种各样的胡子,络腮胡、八字胡、山羊胡、长胡、短胡……异彩纷呈。各类胡子彰显着不同的个性,有的热情豪迈,有的深沉凝重,有的睿智灵动,有的清朗风趣。这些大胡子有一个共同的特点,它是自尊和美德的象征。

当然当然,也有人不以为然。总有那么一小撮人,拒绝留胡子,理由是不必整齐划一。这一小撮人,可能是不要脸了,我行我素,油光粉面地在村里晃荡。

留胡子的人决定对这一小撮人展开教育。村里的男人留大胡子,是惯例,也是光荣的历史。如果有谁不留大胡子,那么他在众人面前就不该抬起头来。留胡子的人用俄罗斯人做例证。自古以来,那些闻名遐迩的俄罗斯文学大师,哪一个不是留着大胡子呢?这些大师的胡子,与其深邃的目光交相辉映,透视着他人无法企及的精神高度。要知道,这绝不是一种自然的巧合。

留胡子的男人还讲述了美髯公关羽的故事,用以辅助说明。古今中外的事例都有了,那些不留胡子的一小撮人,应该感到脸红。

不留胡子的人却说,在俄罗斯的历史上,也不是每个人都留胡子,彼得大帝曾经下令让大臣们剪胡子,他认为,胡子是落后的象征,他甚至颁布了剪胡子的法令。倘若有人要留胡子,那就必须交纳胡须税,税额高达三十到一百个卢布。

留胡子的人笑道,你们不要忘记了,大胡子带给俄罗斯的是荣耀与光辉,带给世界的是思考和启迪。俄罗斯的胡子,蕴藏着无穷的奥秘,有自豪和浪漫,有高贵和儒雅,有思想和智慧,有威武和不屈,有尊严和道德……

不留胡子的人反驳说,所以,你们就向俄罗斯人学习了,学习他们留大胡子了?

留胡子的人没想到反对派会这么说。

反对派继续说,也许,你们是向搞行为艺术的人学习吧?某些搞艺术的人,不是也留着大胡子吗?有的男人还扎小辫呢。说到这里,反对派哈哈大笑。

留胡子的人严肃地说,你们笑什么?到底是我们批评你们,

还是你们批评我们？

反对派停止了笑声，也严肃地说，真理往往掌握在少数人手里！

留胡子的人纵声大笑，真是荒唐！难道历史车轮是你们推动的吗？

反对派挥挥手说，你们不是妖怪，我们也不是妖怪，大家都不是妖怪！这是猪八戒说的。你们走你们的阳关道吧，我们走我们的独木桥，井水不犯河水，怎么样？

说完这番话，反对派大步流星地走了。

刘胡子的人，站在原地，开始了深度思考。怎样继续帮助这几个不留胡子的反对派呢？他们想破了脑袋，也没想出来好办法。总不能让所有的理发店关门歇业吧？即便如此，人家也会自己刮脸，把脸蛋儿刮得像青皮蛋一样光鲜。

有人出主意说，关键是给反对派洗脑，让他们认识到不该不留胡子。这个出主意的人提议，给每个留胡子的男人弄个大烟斗叼在嘴上。

诸位大胡子得意地把烟斗叼在了嘴上。烟斗一叼，就出来了"范儿"或"派儿"。每天，这些留胡子的人，叼着烟斗，像贵宾一样，在村里来回乱窜。他们故意在未成年的男孩子堆里晃脸，营造一种感染人的氛围。

男孩子们露出了好奇的目光。没过多久，每个男孩子的嘴上，都叼上了烟斗。包括一小撮反对派的男孩子。

有些事，是需要从娃娃抓起的。

想不到的是，事情却在向相反的方向发展。叼烟斗的男孩子，渐渐少了起来。

一小撮人的脸上，露出了胜利者的微笑。

许多年后，人们提起了往事。都记得，当年，少数几个人去过俄罗斯。从俄罗斯回来后，这几个人留起了胡子。

人们还说，好在现在有留胡子的样本，可以随时研究他们。

"一次性"时代

社会已经进入了"一次性"时代。一次性的消费给现代生活带来诸多便利，这是不言自明的。比如，一次性筷子、一次性牙刷、一次性纸杯、一次性水笔……人们为"一次性"时代而欣慰，幸福的生活就在身边。

克尤先生是"一次性"概念的鼓吹者。当然，他也是受益者。在他看来，"一次性"是时尚的，它将取代"永久性"，引领社会步入崭新的天地。

他决定，从自身做起，一点一滴都要体现"一次性"的光辉。首先，他将那辆伴随多年的永久牌自行车扔掉了，而选择乘坐出租车作为交通工具。每一辆出租车对他来说，都意味着"一次性"消费。如果，他发现某一辆出租车曾经坐过，将令之空驶而去。他还特地去了趟购物中心，挑选了一些衣服和鞋袜。世界上的衣物成千上万种，购物中心又不是只卖一种。他要每天换一件，以证明自己是不折不扣的"一次性"消费倡导者。当然，他也做了饮食方面的改革，绝不允许自己每天都喝稀饭、面条，吃馒、吃蒸米。他要顿顿不重样，绝不做某个饭店的回头客。他要吃出新鲜，吃出滋味，饱尝人世间的美味。不是说，仅红薯就有一百多

种吃法吗？

当然当然，克尤先生有足够的经济来源，要不然，他不会这么奢侈。一想到"奢侈"二字，他就忍不住笑了。毫不讳言，他的消费理念，是富人的消费理念。芸芸众生中，有几个人能过上优雅的富人生活呢？

克尤先生的这副状态，很快就引人注目了，人们认为他是位先富起来的带头人。于是，纷纷向他献出了生动的笑脸。当然，个别怀着"仇富"心理的人，是存在的，有人盯着克尤先生的背影，恨不得掐死他。每逢克尤先生从这种人身边走过，他们都会在背后啐出几口痰来。

克尤先生才不管这些呢。架不住一位朋友的再三邀请，他上门做了客人。朋友的家好大呀，克尤先生的眼睛不够使了，四处打量着朋友家的客厅。可是，他心里的感觉却很不舒服。为什么呢？是朋友让他进门时换上"一次性"拖鞋。这玩意儿穿着真不咋的，平平的鞋底，软软的鞋面，走在地板上，让人如履薄冰。可笑的是，另一个客人，在皮凉鞋的外面套上了一个蓝色的塑料袋，也是"一次性"的。不用说，后来的事情很滑稽，主人让客人用一次性杯子，桌子上铺了一次性塑料布，就餐时用了"一次性"饭盒、"一次性"筷子……临别时，奉爱干净的主人，将所有的"一次性"用品拎到了垃圾箱。

克尤先生终于发现自己对"一次性"的概念理解值得怀疑。那些所谓的"一次性"东西，多是些低廉的消费品，成批生产出来，是供给人们"一次性"使用的。自己是养尊处优的人，何必为此混同于芸芸众生呢？难道想走群众路线不成？

怎么办呢？自己究竟该做些什么呢？

克尤先生心事重重地走上了街头。他要观察万事万物，从中获取某些启迪。细心的他,惊异地发现,世界上的每片树叶都不相同,就算是同一个事物,此时的某事物,却不是彼时的某事物了。进一步想,今天的自己,早已不是昨天的自己。这么一想,克尤先生豁然开朗:让"一次性"见鬼去吧!

于是,克尤先生的内心获得了宁静,他再也不想什么"一次性"了,再也不想引导消费的潮流了。

可是,有人不答应。那些被克尤先生忽悠起来的人不答应,那些准备进入"一次性"时代的人不答应。他们找到克尤先生说,我们是准备效仿您的,可您怎么像小孩子一样,说变脸就变脸了呢?

克尤先生的脸色一阵红一阵白,无话可说。

有人拉住克尤先生不松手。半天,克尤先生说,我正在策划一种全新的理念,这种理念叫什么,我也说不清。具体说吧,我要搞第二次同学聚会。你们知道,二十年前,我是搞过一次同学聚会的。这里面有许多动人的故事和滋味……

没等克尤先生说完,一个人插话说,你是想搞第二次握手吧?

另一个人马上阴阳怪气地说,您不是推崇"一次性"吗?怎么要搞第二次握手呢?

又一个人坏笑着说,是呀,老婆还是原装的好呀。

……

克尤先生屏住呼吸,什么都没说。

不管别人怎么说,他真的搞成了第二次聚会,搞成了第二次握手,让一些老同学梦想成真。从此,他感到了生活的充实,浑身有使不完的劲儿。

克尤先生的生活轨迹变了。

每天,都有许多人围住他,让他干这干那。有人拿出一堆老

照片,请他帮助翻拍;有人拿出一沓老唱片,请他担任领唱;还有人拿出一些旧衣裤,说是缝缝补补,又穿三年。

他笑笑,全都收下了。

那些追捧"一次性"的人已不再找他。许多人的生活早就变得轻松了,人们迷上了"一次性"消费,大把大把地买来许多"一次性"的东西,乐此不疲。人们早就不理他了,因为人们不知道他脑子里想些什么。时间久了,人们都觉得他是个严肃的人,是个多余的人。

望着人们忙忙碌碌的样子,克尤先生倍感孤独。不过,他总意味深长地微笑,目光十分深刻。

谁害了他

我认出来了他。

几十年前,他胸戴大红花,骑着枣红马,英俊潇洒地行进在新兵的行列里。几个大姑娘,小脸红扑扑地望着他。

那时候,我还是个小毛孩,正在读初中。

我怎么也不会想到,几十年后,见到他,竟是个蓬头垢面的老人。这就是他吗?

翻阅着信访材料,我才知道,他是个老上访户了。

我让秘书找找他的人事档案,我要从头看看。说实话,对这个上访者,我萌动了恻隐之心。

秘书告诉我说,没有他的人事档案,如果有的话,他也不会成为上访专业户了。

为什么？我问。

秘书轻声说,他的人事档案丢了,怎么丢的,谁都说不清楚,他一直告这件事。秘书又说,他从部队转业那年,人事档案就丢了。他没有人事档案,任何单位都不接收他,他只能回家种地了。

我愕然了。他当兵走的时候,那么多人欢送他,这总是事实吧？可是,他的人事档案怎么会丢呢？要知道,我们的社会机器,只认档案,没有档案,就寸步难行！

我认真阅读了他历年所写的信访材料。据他自己说,当兵时,得罪了连队指导员,指导员提前把他复员了。复员时,没给他任何文字材料,只让他去县化肥厂报到。到了县化肥厂,人家说没见到你的人事档案。等他回去找指导员,部队已经开拔了,不知道开拔到什么地方去了。那就在家等吧,可是,等了大半年,原来的部队也没发过来一个字。一打听,部队的番号也改了,联系不上了。他往原来的部队写过几封信,可是,音信皆无。

事情就这么形成了。

问题就这么形成了。

他去过省会,上过北京,一次次上访,要求得到公正的待遇。接访他的人,态度都很和蔼,可就是不解决问题。他把信访办的门槛都踩平了,像皮球似的被人踢来踢去,一直踢了他几十年。

我也产生过怀疑,是不是他的诉求过度,或者说,各级政府不积极解决？答案是这样的:这件事很难呈现真相。那么,真相究竟在哪里呢？谁来负责呢？总不能让时光倒流吧？

他又来访了,一坐到我面前,就失声痛哭。他开始了诉说,都是他在上访材料中写过的那些东西。看着他痛哭流涕的样子,我的心情宛如刀割。常年上访,使得这个原本英俊潇洒的男人面容

枯槁,尊严丧失殆尽。他哭着说着,满脸鼻涕、满脸泪水,夹杂着一般人羞于出口的脏话。他像是骂给自己听,也像是骂给大家听,如入无人之境。

我无言地盯着他。如果,他不上访,会怎么样呢?我是说,从部队回来之后,他就认"命",安安生生地当个老百姓,现在也是儿孙满堂了吧?或者说,他吸取了"没有人事档案"的教训,并由此引发蝉变,会不会现在也是个红光满面的人物呢?人生的路,都是自己走的,何必要钻牛角尖呢?

我不知道他是怎么想的,打算和他好好地谈谈。

一个风和日丽的下午,他又来了。照例,他又坐到我面前,拉开了话匣子,还是老生常谈,还是那些陈芝麻烂谷子。

我插了一嘴,你当兵走的那天,我还目送过你呢!

是吗?你也在送行的人群中?

你骑着高头大马,带着大红花,可英俊啦,可潇洒啦!有几个大姑娘,对你含情脉脉的!

呵呵呵!他仰面大笑。

笑够了,他突然严肃地说,我还是第一次听人这么夸我!我心里真高兴!可是,老弟,你能为我解决问题吗?能恢复我的真实身份吗?

我一时语塞。沉思片刻,我缓缓地开了口。生活中有柔和的春风,也有令人窒息的阴霾;有疏朗的月夜,也有含笑的毒瘤。人生苦短,就活几十年,就这么大空间,何必跟自己过不去呢?

他的头一昂说,你说得不对,我和自己过不去吗?是有人和我过不去!

我望着他,平静地说,是上访害了你,毁了你!

他低着头,不吭声了。

也许，我的话起了作用，好多天，没见到他的身影了。后来，我听说，他在家里写小说呢，他立志要写一部长篇小说。

噪音时代

新时代的噪音鼓吹者艾龙先生，此刻正洋洋得意。望着忙不过来的一单单生意，艾龙先生亢奋地自言自语："拥抱它，我要拥抱它——美妙的噪音！"

是的，社会进入了噪音时代，没有噪音，怎么会有拥戴的粉丝呢？谁能创造出更强大的噪音，谁就能赢得话语权，从而赢得越来越多的支持者。以往那些文艺活动，算什么呀。比如戏剧，吭吭哧哧半天才冒出来一句，把人都急死了。那句"呀么咿呀嘿，那个咿呀嘿"地没完没了，真是让人发疯。现在就不同了，举办一场演唱会，观众手持一根闪光棒，不断地叫好、呐喊，观众们摇头晃脑地伴唱，声色电光一大片，多开心啊，多爽朗啊。当然了，某些戏剧，作为非物质文化遗产保护一下是可以的，不让它自动消亡嘛。

还有各式体育比赛，在一切皆有可能的时代，个体表达已经成了习惯，体育比赛恰恰提供的就是表达的平台和渠道，为什么不让观众叫喊助威甚至喧闹呢？不管怎么说，这也是一种宣泄啊，文雅点说，这就是一种文化。看看过去那些体育比赛，单单是时间漫长、节奏缓慢、过于安静，就让人受不了，好多观众因此而厌倦，消磨了不少热情。要知道，观众们是需要参与和融入的，这

种感觉越超强,越能赢得观众。

当然了,无论文艺演出和体育比赛,产生些噪音是不可避免的,也是不该受到指责的。没有噪音,便没有观众,也就没有经济效益。艾龙先生正是瞅准了商机,才端上了这个饭碗。如今,这个碗里有肉了,有生猛海鲜,接下来的就是,要把这个饭碗变成金饭碗,变成宝葫芦。因此,艾龙先生像一只辛勤的蜜蜂,在多种演出和体育赛事间飞来飞去,赚够了大把的金钱。

一天,城市管理者来找艾龙先生,请他策划广场舞。城市管理者说,我们经过广泛论证,包括请了文艺界和体育界的专家,也包括请了各行各业的市民代表。广场舞应运而生,是个新事物,亟须您出面指导、规范。对,不能瞎跳,要和着健康、欢快的节拍。夜晚,人们不跳舞干什么?总不能藏在阴暗处开黑会吧?在家里看电视也不行,大眼瞪小眼,能关住那些骚动的心吗?放心,您到广场来,各方面都会给您协调好,不会找您的麻烦。告诉您一个细节,人民广场北面那个噪音测试牌,永远闪烁着我们控制的数字,也就是国家规定允许的分贝数字。只要您出面,保证一呼百应。我们知道您是策划大师,您需要设计什么大型文体活动,需要多少群众演员,从广场上捞就是了。顺便说一句,那些大型文体活动,我们会邀请您担任总策划的。

听着城市管理者的说辞,艾龙先生不断地微笑。

事情就这么定下来了,每天傍晚,都要举办广场舞。这是搂草不耽误打兔子的活儿,并不影响艾龙先生承办文艺演出和体育赛事,反而为之注入了新鲜的活力,让他制造噪音又多了一个舞台。

说广场舞制造了噪音也是客观实际。广场周边的居民承受不了噪音,耳朵十分敏感,心理十分脆弱,他们向有关部门提出了抗议。有人甚至用猎枪打钢砂,或放狗嗥叫撕咬。这一切使跳舞的人义愤填膺。艾龙先生却表现得十分儒雅。他不露声色。他才不管这些呢。他只需要噪音。他明白,捣乱破坏者闹得越凶,广场舞的噪音就会越响。他知道,跳舞的那些人,是会不断地向城市管理者施压的。

然而,让他想不到的是,有天晚上,广场上没有人跳舞,一个人都没来。事情出现了意外,是老天爷造成的。这个城市的天空,突然出现了雾霾。人们被告知,最好待在家里。

这让艾龙先生很是失落。他戴着口罩,一个人在广场上转悠,心中响着舞曲的旋律,不免热血沸腾。他放缓了脚步,竭力让自己安静下来,也让舞曲的旋律停止。奇怪的是,那颗原本浮躁的心,逐渐平和了。他虽然感到,耳畔少了些什么,可是,一种久违的感觉却油然而生。

没有噪音,挺好!

他意识到了什么。

他一个人独自溜达了一夜。

第二天,艾龙先生去了乡下。

乡下没有噪音,只有公鸡打鸣。

打疫苗

老罗的手机跳出一条短信:"又开始打疫苗了。"

发信人是老李,也是这批下来的老同志。

老罗知道打疫苗这个事。往年,都是局里的科级干部们相互跟着,去防疫站"蹭"针。也就是说,防疫站只给六十岁以上的老人免费打针。在职的同志怎么办?又不到六十岁。于是,就各走门路。反正,疫苗是国家的;反正,免费打针。医护人员都睁一只眼闭一只眼,免费打。结果下来,科级干部们多数都打过疫苗,享受了六十岁以上老人的待遇。

今年不同了,区里下发了通知,六十岁以上的老人继续免费,其他人要想打疫苗,得自费。自费也不贵,打一针几十块钱。

老罗知道老李的意思,问他怎么办?便于及时跟进。

老罗"啪"一声关掉了手机。说实在的,他也不知道该怎么办。老老实实地交几十块钱吧?真有些舍不得。

还是照去年的样子,找外甥媳妇如何?外甥媳妇在防疫站当护士。一想,不妥。自己不当科长了,外甥媳妇很长时间没来照脸了。现在找她去,不是让人家笑话吗?

要不然,就去办张假身份证,证明自己已过六十岁。又一想,自己已经有两个年龄了,还要再弄一个吗?

老罗十五岁当兵的时候,把年龄改成了十八岁。就是这一改,造成了他终生后悔。按区里的规定,科级干部五十八岁就不能再干了。老罗就这么下来了,不当科长了。人家给他按照当兵的年龄计算,说他将近六十岁了,该回家抱孙子了。实际上,他还不到六十岁,才五十七岁。再干三年,正好六十岁!他说明了原因。可是,没人听他的,都说甘蔗没有两头甜,好事不能让他占完。这样,他就被摘了科长的帽子。

如果还说自己六十岁了,这不是授人以柄吗?

老李却来了,问老罗为什么不回他的短信?

老罗耸耸肩,双手一摊,表示无可奉告。

老李气呼呼地走了。

隔了几天,老李又发短信来,说他打完防疫针了,以后井水不犯河水。

老罗连忙去了老李家,对老李说了个"对不起",又问:"事儿是怎么弄成的?"

老李笑笑,说了事情的大概经过。大意是这样的,老李去打防疫针那天,人很多,护士忙不过来,身份证没细看,就这么糊弄过去了。

老罗怅然若失。

问题在自己。连着几年都打防疫针了,这次怎么能错过?万一感冒发烧了怎么办?万一感冒发烧发展成肺炎怎么办?万一自己因为肺炎死了怎么办?

老罗茶饭不思。终于,在一天傍晚,病倒了。

老伴儿急忙喊外甥媳妇过来看看。外甥媳妇给他抓了药。外甥媳妇说:"吃药就可以,不用打针。"又说,"您今年还没打预防感冒的针吧?等好了,记得去打针。您的身体需要增强免疫力!"

调养了几天,老罗感觉好了。

他去了防疫站。

外甥媳妇一看见他来,马上拿出针管,给他打了一支预防感冒的疫苗。打完针,外甥媳妇告诉他,费用已经替他交过了。

他面红耳赤,穿好衣服就逃了。

回到家,他摸出一百块钱来,叫老伴儿买上两箱牛奶或是饮料,给外甥媳妇送去,就说是给小孩子买的。

又过了几天,老罗在街上看见了老李。老李却不理他,把脸扭了过去,形同陌路。

老罗也不解释,不洗刷自己。

年底,老罗被局里评为先进。

人们都说他觉悟高,保持晚节,不占公家的便宜。

老罗却五味杂陈。

也罢,自己一辈子没当过几回先进,权当退休前领导给了个安慰奖。

还好,老李找他来了,拉着他,进了小酒馆。

席间,老李不停地说:"祝贺你当了先进!说说你的感受,你干吗要自费?"

糊涂蛋

弄好了,什么都可以传奇。比如,糊涂蛋就可以传奇。没听说过,难得糊涂吗?这可是郑板桥的名句。古人都这么说了,糊涂蛋能不传奇吗?

糊涂蛋是英雄辈出的,哪朝哪代,都有一些糊涂蛋,这些糊涂蛋,有一个共同的特点,遇事总爱挑三拣四,说一些糊里糊涂的话。比如,陕西和山西两个省,糊涂蛋似乎永远都分不清,不知各自的省会在哪里,往往张冠李戴。说来说去,糊涂蛋也会讲出几分道理,弄那么清楚干吗?我又不去那里发财,眼一闭,鞋一脱,第二天早上能不能穿上还不一定呢。

真是歪理邪说。

这名糊涂蛋有许多不清醒之处。又比如,一比二大,还是二比一大？奖金分一二三等，工资分一至八级，究竟谁大谁小？还是这名糊涂蛋，去看人类医生。人类医生说："恐怕您得死。"糊涂蛋问："我什么时候死？"人类医生说："什么时候死都一样。"糊涂蛋不明白人类医生和他开玩笑呢。

这名糊涂蛋很不想死。于是，这名糊涂蛋就另外找了一名医生给他看病。也不知他为什么找到一名兽医。兽医说："你姓马，该找我看病。"又说，"有一个姓牛的，已经在我这里看好了。"这名糊涂蛋听了以后，非常欢喜，认为自己一辈子当牛做马，就该请兽医看病。

兽医看了看糊涂蛋说："你得开刀。"说完就给糊涂蛋动了手术。结果可想而知，糊涂蛋没有从手术台上下来。你说这事荒诞不荒诞？糊涂蛋就不该相信兽医的话，心甘情愿给兽医当试验品。

且说糊涂蛋被兽医拿走生命后，并不死心，他的灵魂又找到了先前的人类医生。人类医生惊惧得大叫："你来找我干什么？你是自愿上手术台的！"

糊涂蛋大笑一通，笑毕说："请不要害怕，今天我来找你，是想告诉你，我已遵命死去。我死后的感觉和活着差不多。"说罢，狂笑着走了。

人类医生大骇，认定自己遇上了鬼。被鬼缠上了，许多事情就不好说了，做事就鬼头鬼脑。没多久，人类医生就得精神病了。

再说那个糊涂蛋，已经死去，不可能再活过来了。值得注意的是，一个糊涂蛋死去了，千万个糊涂蛋在成长，茁长成长。况且，死去的那个糊涂蛋，还有儿子，也有孙子。这说明，有些事是生生不息的，是野火烧不尽的。

那个死去的糊涂蛋的儿子，原本是有妻子的。可是他不善于

调教，弄得妻子跑了。在一个伸手不见五指的晚上，前妻从大洋彼岸打过来电话，告诉前夫，自己这辈子，死要做 M 国的鬼了。前妻让前夫好好照看小糊涂蛋，否则，做鬼也要来找他算账。前夫已经长成真正的糊涂蛋，正告前妻说："你等着吧，等我变成鬼去找你！"又说，"你生是我的人，死是我的鬼！"

真正的糊涂蛋，哪能实现自己的愿望呢。首先，他就没法去 M 国，外交官不会给他签证，谁会为一个办事没脑子的人签证呢。M 国就是再讲人性，也没谁为他办这个事。其次，他也买不起机票呀，一张飞机票很贵呢，他是出不起这个钱的。再说了，就算是他有钱，还掏出来打酒喝呢。

只好在国内混着，游手好闲着。每天，没事干就上街看人打牌。工厂已经不用他了，说是减员增效。他和许多人一样，一刀切了，内退回家了。至于儿子，小糊涂蛋，就让他满地爬吧，像个窝瓜那样，随便爬吧。

小糊涂蛋随意生长着，可是，环境并不利，也就是生存环境不好。比如，别的同学都有新自行车了，就他没有。爷爷死了，妈妈跑了，爸爸很穷，没人为他买。他每天上学，只能凭脚下的 11 路——步行。当然了，步行也有步行的好处，可以锻炼身体，还可以看沿途的风景。问题是，小糊涂蛋一步行，就管不住自己的腿，去了不该去的地方，看了不该看的景色。这样，他就总是迟到，被老师罚站。他爸爸不断地被老师请去，当然，不是请他喝茶。老师一看他爸爸那副说话不着调的样，就胸闷气短了，手脚冰凉。

小糊涂蛋就成了没人管的野孩子。

可是，有一天，野孩子突然成新闻了。有人把这孩子弄昏了，悄悄地摘走了一个肾。摘肾的那个人，也不白摘，给这孩子撂下了一些钱。

还好,他爸爸还有良心,再晕,也没花费这个钱。他把这笔钱给孩子存下了,说是让小糊涂蛋养养身子。

小糊涂蛋在他爸爸的呵护下,渐渐长大了。有一次,数学比赛,竟名列前茅。这让他的爸爸很是吃惊,很是意外。

人们不得不对这个糊涂蛋世家刮目相看了。

向老孟学做梦

老孟办了个培训班,名曰"做梦培训班"。对,也就是教大家如何做梦,当然是做个好梦。现在,社会上的培训班多了,什么书法班、绘画班、写作班、数学班……赚了好多好多的银两。

办这个班,老孟有很大的把握。他发现,想做好梦的人多得很,可就是做不出来。人们做出来的梦,多是坏梦。看准了利益增长点,老孟就开始教大家如何做梦了。

在开班典礼上,老孟侃侃而谈:"首先是要会做梦,其次才是做好梦。恕我直言,有些人是不善于做梦的,多少天不做一个梦,即便偶尔做梦,也多是凶杀、悬崖、沼泽、奔跑……这怎么能行?来到这里,我要保证大家都做出来好梦!讲个故事吧——化学中有个芳香族,都知道吧?芳香族中最重要、最简单的化合物是苯。这个苯,是碳水化合物,然而,它的稳定性却是一个谜。许多化学家耗费了大量的精力来研究它,却一无所获。德国化学家凯库勒认为,苯的稳定性来自于它自身的结构。他画了一张草图又一张草图,研究苯的结构,却未能科学地解释问题。有一天,他做了一

个梦,关于苯的梦。在梦中,这个苯,竟幻化成一条蛇,金蛇狂舞。凯库勒像触电般的醒了过来。他脑子一阵清醒,做出了环状的苯结构图。各位学员,老凯完全是受到梦的启示,不然,他怎么能把苯的原子幻化为蛇呢?这说明,他在梦中得到的,是专业思维的延续,致使大脑高度兴奋,才有了日夜企盼的构思顿悟!"

听老孟这么说,学员们兴奋地开始了交头接耳。他们有理由相信,跟着老孟学做梦,一定能迸发出思想的火花,实现思维的升华与巨变,将奇思妙想转化为现实,获取人类发展史上某一项奇迹的创立。

老孟继续侃道:"大家都知道牛顿吧?他也是在某一天得到顿悟的,大地有吸引力!这就是著名的万有引力定律。牛顿就是爱思考,苹果为什么不飞向天外?为什么不向上飞?梦随心生。可以肯定地说,他绝对做过梦,并从梦境中得到了神灵的指引!"

学员们会心地一笑。这就是日有所思、夜有所梦啊。连睡觉都在思考,能不做出伟大的梦来吗?

老孟话锋一转说:"我这里就不批评那些傻吃闷睡的家伙了。这种人与猪一样,吃饱了就睡!一生就做这一件事,连梦都不做。有谁听说猪做过什么梦吗?当然了,大脑简单,四肢发达,不会做梦,这是它长寿的秘诀。可是,我要问,猪长寿吗?我再问,诸位是愿意做猪呢?还是愿意成为凯库勒、牛顿这样的伟人呢?"

当然要做伟人了,谁愿意做只浑浑噩噩的猪呢?学员们都笑了。

接下来,老孟开始给学员们发教材,也就是从网上下载的资料。都是和做梦有关的资料,譬如,做梦有什么好处?如何做个好梦?学员们如获至宝,看得津津有味。平时,他们很少上网,还有些人不会上网,即便看到资料,也是支离破碎,不成系统。现在好了,老孟把有关资料汇总起来,让大家学习领悟,真是方便啊。

见大家低头翻阅资料,老孟又说:"我再给诸位开个小灶,也顺便做个补充:只要心里想着一件事,你就能美梦成真。当然,肯定是要做梦的,梦里有的,现实中才会有。要执着。须知,梦是黑白的,不是彩色的;梦是多边形的,不是平行四边形的。不要多问,要善于多想。好了,今天就到这里了,都回家去做梦吧!记住:只有想不到的,没有梦不到的!"

学员们大笑,夹起资料,四下里散去了。

老孟走出培训中心的大楼,去了街上的一家盲人按摩诊所。进了门,老孟对盲人医生说:"近一个时期,我总是睡不好觉,还做噩梦!"

盲人医生说:"那是你脑供血不足。"

老孟说:"我怎么会脑供血不足呢?"

盲人医生说:"你睡不好觉,你的心不静。"

老孟暗暗称奇,要求盲人医生为他做按摩。

盲人医生让老孟坐在凳子上,捏住他的脖颈,一下一下地按摩起来。

面带笑容

他从我面前走过的时候,面带笑容,一脸陶醉的样子。

是的,我不认得他。他兀自地笑着,街上的人都看见了。

我经常遇到这样的人,他或她,就那样沉醉地微笑着,有时还自言自语,一副怡然自得的神态。我常常盯着这样的人出神,瞧着他们傻子似的微笑着,心里竟有些羡慕。

这样的人,一定是遇见了高兴的事儿,或是新交了异性朋友?或是买彩票中了奖?我不得而知。

于是,我尾随了一个面带笑容的人。当然,我不能打扰他,冒昧地问人家为什么发笑?我就那样默不作声地跟在他身后,他走到哪儿,我跟到哪儿。我要看他去了哪里,有什么值得高兴的事儿,如此醉心?

可是,我错了。这个面带笑容的人,走进了一幢居民楼。显然,他回了家,今天未必再出来了。果然是这样,我在一棵树后面站了许久,未见他二次出现。我等到晚上,也未见他出来。我有些责怪自己,干吗非要这样呢?世界上值得关注的事情太多了,大可不必非要弄个水落石出。

回到家里,我睡了个好觉。直到天亮,我才醒。

我又上街了。

我又遇到了一个面带笑容的人。这回是个姑娘。她面带笑容,从我身边走了过去。看着她的背影,我不免突发奇想,和她聊一下怎么样?但愿,她不会认为我是个陌生人。

"姑娘,你好!能告诉我,你为什么这样高兴吗?"

"我高兴吗?"姑娘笑道。看她明眸皓齿的样子,似乎并不讨厌我。

"你的高兴都写在了脸上。"我也展露出了笑意。

"是呀,我不过是想起来了一件值得高兴的事儿!"

"什么事儿呀?"

"我不告诉你!"

我哑然失笑。这姑娘真调皮呀。是的,有些问题是不该让姑娘回答的。我没有再追问下去。不管怎么说,我已经得到了答案,姑娘想起了一件值得高兴的事儿,这就够了。

姑娘从我面前消失了。

看来,那些面带笑容的人,值得高兴的事儿太多了。因为,每个人的头顶上,都有一片瓦蓝瓦蓝的天空。

当然,我不太甘心。对每一个面带笑容的人,我都想打破砂锅——问(纹)到底。我知道,在我们这个世界上,多数人是表情凝重的,也是脚步匆匆的。在这些人的脸上,是看不见笑容的,他们没有安装快乐的弹簧。许多人都感到压力很大,肩上的责任很重,这毕竟是严酷的现实。所以,我更有理由破解那种爱笑的人,破解他们脸上的笑容的秘密。

后来,我和一个面带笑容的人交上了朋友。

这是个小伙子,一天到晚,快乐都写在脸上,好像他从来就没遇到过烦心事儿。不过,说句实话,我觉得他没什么可值得微笑的,因为那些让他高兴的事儿,说起来太简单了,太琐碎了。我忍不住问他:"你为什么要面带笑容呢?"

他一愣,很快就笑了。他是这样回答的:"我为什么不面带笑容呢?"

看看,他只改动了一个字,意思便不同了。

"我是说,那些事情,你觉得好笑吗?"

"我得纠正你,那些事情,不是我觉得好笑,而是我们要用笑容来对待它。"

我一时语塞。

他微笑着:"看人看事,多从正面看,一切都看开了。养成了这个习惯,你就会笑容满面。"

这是个良好的习惯吗？我略有所思。

我像小伙子那样，对很多事情，都有了笑容。我在街上看见一名儿童，觉得他真是快乐，所以我笑了；我看见修鞋的鞋匠，觉得他每天的工作很充实，所以我笑了；我看见一位老人在蹒跚走路，觉得他安享晚年，所以我笑了；我看见引车卖浆者沿街叫卖，觉得很有趣，所以我笑了……可是，我发现，尽管我养成了爱笑的习惯，人们看我的目光却越来越异样了。人们打量我的时候，八成认为我脑子有了毛病。

那个爱笑的小伙子，也注意到了我的笑容。他不客气地批评了我："你是什么表情啊？似笑非笑的，真是可怕！看到你这副表情，我真怕你做出什么出格的举动！"

我分辩道："你不是说面带笑容是一种习惯吗？我培养这种习惯，有什么错？"

小伙子一针见血地指出："你是虚假的笑，知道吗？你的笑，是高高在上的笑！你看看大家的眼睛！"

我像只泄了气的皮球，再也笑不出来了。

我走上了街头。我发誓，见到什么人、什么事儿，再也不露出自己的笑容。是的，我眼睛的余光，也看见有人对我指指戳戳。随他们的便吧，我对自己说。

我在不知不觉中改变着自己。

有一天，小伙子跑来告诉我："许多人都看见你的笑容了。告诉我，有什么值得高兴的事儿啊？"

我面带笑容了？我怎么不知道啊？

我越是一本正经地表白，小伙子的笑容越是灿烂。

说谎的人

胡老师在街上遇见了自己的学生张磊。胡老师想听听张磊说稿子,但他又不大想听。他怕张磊让他心神不安。那样的话,他就很没有面子。

张磊是他的学生,中学教过的。

前几个月,也是在路上遇见了张磊。张磊向他汇报,胡老师,我去编辑部帮忙了。接下来,张磊说出了一家很有名气的编辑部。张磊又说,欢迎胡老师投稿啊。

张磊说的这家编辑部,胡老师知道,专发纯文学的稿子。

胡老师一阵脸红,是心血来潮的表现。过了几天,胡老师去街上的打字店打印两篇微型小说,给张磊寄了过去。

可是,几个月没有稿子的消息,也不见张磊的面。这一次见到张磊,胡老师的第一个念头就是想听听张磊说稿子。

张磊好像不明白他的意思。见了面,偏偏不说胡老师的稿子。张磊说,编辑部很忙,一天能收到几十篇稿子,都是我审,然后拿给主任二审,再拿给主编终审。又说,有个出版社的老编辑,已经退休了,他语法上肯定没问题,问题是他的思想太陈旧,稿子总是过不了关。他的写法,不是老干体,就是新华体,这怎么行?仅文通字顺肯定是不行的。纯文学刊物嘛,要的是挖掘心灵那点东西,将不可能变为可能!还有,这个老编辑不会打字,每次来稿都是手写稿。我给他照顾了,网开一面。

说得胡老师一阵面腆。这是说那个老编辑吗,这是说他胡老师呀。不用问,自己的稿子发不出来,也是这个原因。二十多年前,张磊是自己的学生,要不是自己手把手地教他,他能坐到今天的位子上吗?

想到这里,胡老师决定采取旁敲侧击之术。胡老师说,有个刘老师,你是知道的,戴个眼镜,爱写个稿子。可是,他写的那算什么稿?除了瞎编,就是乱造。这种人的稿子,却偏偏能发表!

张磊表现出很感兴趣的样子,想听听胡老师怎么说。

胡老师继续说,刘老师太能编了,编得太离谱。有一年,他写了个稿子,说自己是个农民的孩子,没钱上学,给毛主席写了封信。毛主席派秘书给他寄了一百块钱。你看他能瞎编不?他是个农民的孩子不假,但哪是贫农的孩子?要是,也是个富农的孩子。可是,文章却见报了,还得了二十块钱稿费!

张磊笑道,这件事,我知道,刘老师挺能虚构的。

胡老师又说,他瞎编都上瘾了。还有一次,南方发了大水,一个老工人接到一件棉袄,里面夹着一封慰问信。你说,感人不感人?真是可歌可泣。这篇文章见报后,多家报刊转载。不过,有点头脑的人都会问,发大水是夏天,南方用得着穿棉袄吗?不是胡编乱造是什么?

张磊哈哈哈大笑。

胡老师很认真地问,刘老师也知道你去了编辑部,他给你投过稿吗?

张磊摇摇头说,我还没见过刘老师投稿,也许,他的文章更适合于报纸。不过,我们编辑部很欣赏会编故事的作者。巴尔扎克说,小说是庄严的说谎!

胡老师感到很没意思。张磊这么说,让他很失望。写作,难道真的需要虚构吗？作家再能编,能超过生活的荒诞吗？但胡老师不得不承认,今天也是小有收获的——刘老师没给张磊投过稿,这说明,如果,胡老师的作品能够发出来,在本地区、本系统,也是一枝独秀的!

揭发了刘老师,胡老师感到有几分心虚。毕竟,刘老师是自己的同事。于是,胡老师嘱咐张磊说,咱们哪说哪了啊,以后,什么都不存在了啊!

张磊当然明白胡老师的意思,说自己绝不是头多嘴驴。

胡老师笑了,挥了挥手,和张磊再见了。要说,这个张磊也挺有意思,竟把自己说成了多嘴驴!

又过了两个月,胡老师接到了一个厚厚的信封。一看,就是编辑部寄来的样刊。胡老师认出了张磊的笔迹,打开来看,自己的二题赫然在目。虽然,是在末尾的位置,但是,美不美,看结尾。许多人翻阅杂志,都是从后面往前面看的,从最后一篇作品看起。胡老师舍不得细看,只看了看自己的大名,匆匆回家了。

到家后,他坐在写字台前,泡上一杯茶,认真研读了自己的作品。读着读着,他就读不下去了,遂将杂志扔在了一边。原来,在署着他的名字的作品里,编辑把他的作品改了,不是小改,而是大改。可以说,是编辑重新写的,从头至尾,一派瞎话,全是胡言。

而那个责任编辑,正是张磊。

从此,胡老师不再给张磊投稿。他认定,张磊是个谎话连篇的人。

手机号

吴宁不爱换手机号，就像不爱换老婆一样。看客不要往歪了想。在吴宁的心里，手机号和老婆是同类项，用着方便就行。

所以，吴宁一成不变，从来不换手机号。

这年头，换手机号的人多了。许多人顶不住诱惑，在商家的误导下，今天换个号，明天换个号，换来换去。结果呢，每换一个号，就会丢掉一些朋友。人脉丢了，何谈事业乎？吴宁就不换号。无论商家怎么忽悠，理都不理。面对吴宁这样的人，商家只能哑口无言。

教训真是太多了。隔壁的王大爷，拿着儿子的一堆手机号，不知该拨哪个。王大爷有事也指望不上儿子，只有靠邻居们帮助干这干那。邻居们招之即来，根本不用打手机。

此外，现在的同学聚会很多，有道是"同学来聚会，拆散一对算一对"。聚会之后，有人就换了手机号，对家人却秘而不宣。结果呢，不久就和原配分手了。

吴宁看在眼里，记在心上。他对老婆说，我只有一个手机号，那是咱俩的互动热线。感动得老婆稀里哗啦，亲手给吴宁做了一锅手擀面条。

可是，吴宁下岗了。吴宁这样的人，连手机号都没换过，他不下岗谁下？真的，他太落后了，早晚要淘汰他这种人，淘汰也是活该。

下了岗就得重新找工作。在本地不好找,吴宁就去了外地。吴宁到了外地,投了几十份简历,却没有一家公司向他伸出橄榄枝。有个大学生指点了他,这才让他恍然大悟。

　　吴宁跑去给老婆打了个电话,告诉老婆,自己要换手机号码。

　　老婆不明就里,问吴宁怎么了。

　　吴宁说,大学生一席话点醒了我。我的手机号不是这边当地的,人家 HR 一天要拨几百个电话,如果拨了我的电话,前面还要加个"0"。人家 HR 直接就叫下一个了……

　　老婆问,什么叫 HR？

　　吴宁说,就是人力资源管理吧。

　　老婆不依不饶地说,怎么不好好说话呢？

　　吴宁冲动地说,别给我扯这个,反正我要换手机号！

　　老婆温柔地说,想换你就换嘛,别换老婆就行。老婆明白了吴宁的意思,知道固定电话拨打手机,异地的要在前面加拨"0"。

　　吴宁笑了,哪能呢。又说,我换了新号再告诉你。

　　吴宁兴冲冲地到手机店去了,换成了当地的手机号。

　　说也真神,换号的次日,就有人通知吴宁去上班了。

　　这家公司的环境真好,待遇也好,吴宁喜欢上这里了。

　　他原来的手机号没扔。他经常打开手机,换上原来的 SIM 卡,用过去的老号和老婆通电话。他们聊这聊那,憧憬美好的未来。有一天,老婆说,你怎么不用新号给我打呢,我想听听你在新号里的声音。

　　吴宁心里一愣,可他还是用新号给老婆打了。吴宁用当地话说了个段子,逗得老婆咯咯大笑。

　　以后,吴宁经常用新号给老婆打电话。渐渐地,他就忘记了自己原来的手机号。

忘了就忘了吧，吴宁索性将原来的 SIM 卡放了起来。

他只用新号给老婆打电话了。当然，也给所认识的人打。

后来，他就换了手机。

手机号都是新换的，手机为什么不可以新换？自己那款旧手机，早就老掉牙了，简直不敢当着同事的面拿出来。而同事们呢，尤其是那些女同事，哪一个不用着触摸屏的新款？

想到这里，吴宁就换了手机。不过，这一次他没和老婆商量。

他没告诉老婆，主要是心里有个小九九。旧手机还能用，有什么必要换新手机？好在老婆不在身边。老婆看不见他用新手机，免去了许多唠叨。

吴宁越来越爱自己的公司了，过年也不回老家去。他想得很大，也想得很野，他要发展自己，他要做大做强！

不想，老婆却来找他了。老婆想给吴宁一个意外的惊喜，来之前就没告诉他。老婆下了火车换汽车，到了地方，想给吴宁打个电话，却找不到他。吴宁的手机关机了。

老婆打了几次手机，吴宁都是关机。

此刻，吴宁正在手机店里，查看墙上新的手机号码。要不要再选个新号呢？吴宁在心里想。

严肃的人

他是个严肃的人，一年四季，总是一副表情，一种很严肃的表情。好像国家发生了什么大事，或者说，他刚从火葬场回来。

一个严肃的人，一个缺乏幽默感的人，是不招人喜欢的。从本质上说，人们都喜欢那些嘻嘻哈哈的人，因为这可以带来欢乐，让人们开心。

人们就在背后说那个严肃的人："一天到晚，摆个臭脸，给谁看哪？"也有人说："把他调到专案组去得了，让他天天不带笑脸！"还有的人说："最好让他永远当单身，永远娶不上媳妇！"

他仿佛不知道人们这么议论，依旧冷着眼看人。夏天，他也戴着帽子，帽檐压得很低，全神贯注的样子，无余光打量世界。其实，世界是很精彩的，到处五彩缤纷，到处充满了笑声。可他完全是充耳不闻的状态，眼球咔咕咔咕的，不知道心里想些什么。

那就讲笑话给他听，拿笑话书给他看。人们都动着脑子，非要把他逗笑了不可。有人还为此打了赌，赢的一方，将看着输的一方，做五百个俯卧撑。为此，人们请他到场，看双方怎样打赌。

他没有让人们为他打赌。他批评了那些打赌的人。他说了声"无聊"后，便正了正帽檐，甩开大步走了。

他的这副模样，令许多人不快。当然也包括领导们。领导们都很烦他，因为他经常拿领导们说事，说领导的言行，违反了什么法律第几条。他还把相关的法律条文背诵出来。背得字正腔圆，背得一字不差。领导们就黑下来脸，说些言不由衷或词不达意的话，越描越黑。现在的领导，不知是不是能力所限，很容易出洋相，很容易跌在他手里。这也是没有办法的事，谁让这个严肃的人出在本单位呢？

其实，每个单位都有这种严肃的人。当然了，哪个单位喜欢这种严肃的人呢？人们往往把严肃的人当作政敌来对待，至少也会说严肃的人是不合群的。

真的，这种严肃的人在社会上也是很不好混的。不好混在于

掌握各个环节的人,惯会"胡打渣子"。也就是说,这些是些缺乏严肃态度的人。过去,人们是最讲严肃的,干什么事都严肃;现在,人们是最不讲严肃的,干什么事都嘻嘻哈哈,都得过且过。拿街上的红绿灯来说,就很不严肃,总是有人闯红灯,连机动车也不例外。这怎么行呢?从许多教训上说,社会是需要严肃的。但是,当事者并不欢迎严肃,也不需要严肃。人总是需要温良恭俭让的,需要其乐融融的。

从严肃的人说开去,人们很有感触。当然,也希望这个严肃的人,改一改,变得通融一点。否则的话,大家的脸上都不好看。是的,事事都严肃的人,在社会上是寸步难行的。

事情的改变,是从一件小事开始的。

那天,严肃的人去医院看牙。他牙疼。牙疼这种事,多是上火使然。他心里有火,看什么都不顺心。不知为什么,他很想发发脾气泻泻火,可是,没地方发,牙就疼了起来。牙科的医生,正在低头发短信,等发完了短信,才会抬起头来。严肃的人,一下子就发起火了,对牙医、对牙科、对医院大声斥责。牙医根本就不理他,有比理他更重要的事,就是给对方发短信。牙医发了二十分钟短信,严肃的人叫喊了二十分钟。牙医无动于衷的样子,真的令他特别生气。没办法,他捂着腮帮子,去了另一家医院。好在,另一家医院的牙医,并没有短信可发,不但给他看了牙,还柔声细语地跟他说话,令他倍感温馨。

这件小事教育了他,令他反思。

他被这件小事教育了之后,整个人就变了。他说话不再高腔大嗓,看人也不横眉冷眼了。对有些事,他也装作看不见,学会睁一只眼闭一只眼了。

不久,就有人把小妮儿介绍给他。这个昔日很严肃的人,谈起恋爱来，口才竟出奇的好，也笑得很快乐，很快就赢得了芳心。摆喜酒的时候，认识他的人都来了，连领导也来了，给他封了个很大的红包。

妻子很爱他。他妻子是个不苟言笑的人，也是个不善争辩的人。有这样的女人泡着，他早就脱一层皮了。说文雅点，这就叫做"春雨润物细无声"吧。

有时候，他妻子也会谈一点两个人的感受，妻子总是这么说："我们性格互补了，他的雷霆万钧之怒，到了我这里，全都没有了。"

人们想再听细致些，他妻子已经远去了。

老干部

老孟转干了，戴了几十年的工人帽子，终于摘掉了，终于扔到太平洋里去了。以后，再填表，就可以填"干部"了。再也不用填工人了，再也不用羞羞答答地填"以工代干"了。老孟不由得感叹：当干部好，当干部就是好。以往，看见干部们鼻孔朝天地走路，总觉得矮了三分。现在好了，现在自己也是干部了，肩膀和干部们一般齐了，好啊好，真是好！

老孟走在路上，背着手走路，用干部的姿态走路，感觉就是好。走着走着，就碰上了炊事员老胡。过去，老孟在职工食堂当过炊事员，与老胡搭伙计，一个蒸馍，一个煮饭，一个摘菜，一个和面，一口锅里煮勺子，煮了五六年。后来，鲤鱼跳龙门，老孟跳到

了机关。老胡留在食堂做饭,一做就做到现在。见到老胡,老孟的心劲就蹿上来了,抓住老胡的手问:"老胡,兄弟!还当炊事员哩?"

老胡眼一瞪:"什么炊事员?告诉你,我是厨师,二级厨师!"

老孟一愣,大笑,握着老胡的手说:"祝贺,祝贺!厨师,厨师!师级,师级!"

老胡笑道:"奇怪吗?你都当干部了,我就不能弄个厨师当当?"

老孟激昂地说:"大家都进步了,好啊,进步了!"

老伙计相见,分外亲热。两个人站在马路边神侃了起来。侃着侃着,就看见老朱走过来了。老朱曾经是食堂科的科长,过去领导过老孟和老胡。看见老领导,两个人就齐声喊老朱。老朱听见有人喊,就走了过来,拉着脸说:"过去,我在职的时候,都喊我科长。我一退下来,就不喊科长了,喊老朱了!什么老朱,哪个老?老百姓的老吗?"

老孟和老胡知道老朱在逗闷子,当即报以大笑。老朱也仰面笑了起来。笑够了,老孟谨慎地问:"朱科长,您也退了,是退休?还是离休?"

老胡则装傻:"退休、离休不都是退吗?"

老朱板着脸说:"瞧你这个素质,退休和离休能一样吗?骑马的和走路的能一样吗?"

老孟忍不住乐,他知道老朱的资历,打死了都够不上离休的资格。于是,他调转话头说:"高官不胜高薪,高薪不胜高寿,高寿不胜高兴!"

果然,老朱乐了:"这话,我爱听!我还要再加上一句,高兴不胜高尚!不管怎么说,没人在背后戳咱的脊梁骨!"

老胡接嘴说:"高尚的人,就是脱离了低级趣味的人,就是不自私的人,更是不干坏事的人!"

老朱又不愿意了:"你一说话,我怎么就听着别扭呢?"说完,冲老孟笑笑,迈着四方步,挺着南瓜肚,稳扎稳打地走了。

老胡望着老朱的背影,啐了口唾沫:"呸,退休了,还装神弄鬼,给谁看?"

老孟哈哈大笑,指着老胡说:"你不装?怎么把炊事员的员,混成厨师的师了?"

老胡也不饶老孟:"你不装?你本来是个工人,不也装干部了?"

两个人大笑了一阵子,然后,摆摆手,告别了,各回各的家了。

回到家,老孟对老婆孩子说:"我宣布个事,从今天起,我的身份变了,我是干部了。"老孟以为,老婆孩子会欢呼雀跃。可是,没有,老婆孩子一点反应都没有,表现得麻木不仁。老孟就动气了,就加重语气说:"我转干了,我是干部了!"又说:"过去,虽说是工人身份,可组织上总是拿我当干部使!也就是以工代干吧。可笑,真是可笑!外国有以工代干吗?没有,外国根本就没有!哈哈,哈哈!"

老孟兀自说着,兀自笑着,目的是调节气氛。他感到,家里的气氛太严肃了,老婆孩子根本就没把他转干当成个事。老婆木着脸,孩子也木着脸。

"你们,怎么了?"终于,老孟发觉了家庭成员的异常表情。

老婆孩子终于把实话告诉了老孟,听说厂里要招收一批工人子弟进厂接班,干部子弟不能接班,要把机会让给工人子弟。干部想让孩子接班,除非把干部身份变了,改成工人,孩子才能进厂当工人。

老孟的脸一下子就黄了:"不可能,我怎么没听说!"老孟吼了起来。他不相信有人会出这种馊主意。如果真是这样的话,自己不就白白转干了吗?

老孟就开始四处打电话,给许多人打电话。结果,所有的电话,都证实了这个消息。就在今天,厂里换厂长了。新厂长一来就开了会,说是要安排待业青年,必须让一部分人腾出岗位。因此,鼓励干部变成工人,鼓励工人内退。虽说国家有政策,早就不许这么做了,但上有政策,下有对策,变通变通,一变就通。

老孟的难题出现了:要不要把干部身份改回成工人身份,自己内退,让儿子接班?

"老孟,你就再变回去吧,变成工人,然后退了,让孩子接班!"老婆说。

"爹,您若是不让我接班,我啥都不说了!以后,你就没有我这个儿子了!"

老孟的大脑一片空白!

终于,老孟顶不住老婆孩子的压力,把干部身份还原成了工人身份。一还原成工人,就内退回家了。儿子则成了工人阶级的一员,高高兴兴地进厂接班了。

内退后,见到老胡,老胡就和他打渣子:"当了3天干部,过瘾不?肯定没过瘾!"

老孟笑答:"不在于永远拥有,而在于曾经拥有!我当3天干部,也是当了!你呢?当过吗?耍了一辈子锅铲子!"

老胡不甘示弱:"耍锅铲子怎么了?我是厨师,我有厨师的证书,你有吗?"

老孟说:"你有证书,不还是做饭?我没证书,我当过干部!"

老胡笑了:"当了3天干部,还不是要改成工人内退?以后,可怎么称呼你呢？是称呼你干部呢？还是称呼你工人呢？我看，就叫你老干部吧！"

老孟红着脸，矜持地说："盛名之下，其实难符！还是叫我老同志吧！"

老胡笑道："算你藏得深，你就是藏得深！老同志啊老同志，不知道的，还以为你是老领导呢！我看，还是直接叫你老干部吧！"

老孟笑道："随你，老干部就老干部！"

以后，老孟就顶着"老干部"的帽子，到处晃脸了。

老神经

老神经，是老发神经病。岁数大了，还经常发神经病。问题是，他发神经病，像没发神经病一样，煞有介事，一本正经。比如，夜晚的时候，他喜欢观测天相，看月亮，数星星。那副神经劲，似乎要把嫦娥招来，要让玉兔显形。当然，不会有任何结果。他什么都感动不了。可是，你批评他神经了，他会反唇相讥："爱因斯坦说过，一个民族需要一群仰望星空的人！"

你看，他神经不神经？拿爱因斯坦说事，用名人名言说事。听他这么一说，人们只能在背后骂他："老神经！"

令人意外的是，他这样一个神经不正常的人，却喜欢写毛笔字，而且是繁体，是竖排版。更令人想不到的是，他还能在书法大赛上得奖。他在获奖感言里动情地说："我是怀着对方块字的敬

重,写毛笔字的!每一个方块字,都是一片丰富的世界!"看看这个老神经,多么会说话,把自己打扮成了文化学者。其实,大家都知道,他是个被历史淘汰的老古董。他不会上网,不会发电子邮件,不会用QQ聊天,不会用电脑打字。他只会写方块字,只会云里雾里地瞎说,他确实是个五迷三道的老神经。不过,社会进步,往往是离不开参照物的,有时候,参照物却能彰显出另一种珍贵。毫无疑问,老神经愿意当这种参照物,而且,他当上了这种参照物。这让很多人纳闷:老神经这货,不会是个刺向社会穴位的"老中医"呢?

说他是老中医,他还真的敢当野仙,敢给人看病。有一天,来了个郁郁寡欢的人,说是见什么烦什么,很想跳楼自杀。老神经笑笑,开出如下药方:"慈悲心一片,糊涂肠一条,耿直三分,率真二两,冷眼九钱……小火煎服,每日一味,终身服用。"这是什么灵丹妙药?这不是胡扯吗?可那个郁郁寡欢的人,却开口大笑,拿着药方狂奔而去。

这时候,再看老神经,就看出来了他仙风道骨的劲道。于是,凡气火攻心的人,凡混沌未开的人,都来找老神经了,让他给号脉,给开药方。老神经就成了大师,指点人生。有一次,他到一个病人家去,发现患者正对着天空钓鱼。天空下雨了,钓不成鱼了,患者就哇哇大哭。老神经笑笑,让家属弄一个空鱼缸过来,让患者对着空鱼缸钓鱼。患者的情绪稳定下来了,患者的家属却郁闷不解了。空鱼缸里有什么?能钓上来鱼吗?医生也是个神经病吧?家属就试着问:这行吗?老神经反问:难道真的指望病人钓鱼吗?

人们终于明白了,老神经是个洞察一切的人,特别善于查明他人的心理。但人们也发现,老神经虽然能看穿别人,却唯独看不穿自己。或者说，他不愿意看穿自己。他好像很善于给别人看病，可时间一长，却不知不觉地依赖上自己的病人了。可以说，他给别人看病，最后却把自己看成了病人。他常常和病人在一起玩乐，特别喜欢和那个钓空鱼缸的人交朋友。他常常去找人家，去了就摸出一个空蛋壳来，和人家对着喝酒。他把空蛋壳掏掏，似乎能掏出好吃的东西来。然后，将筷子头喔喔，喔得津津有味。

能和精神病人交朋友，就是个独到之处了。也不知老神经的名声咋会传得那么远，就连精神病院的医生，都请他去会诊。据说，到了精神病院，他先去查看了病人画室，看病人怎么作画。病人那个专注啊，仿佛自己是达·芬奇，画个鸡蛋就能代代相传。老神经转到了一个病人的身后，发现这个病人正在画连绵的山脉。按正常思维，画高山嘛，画出来的应像一排钝器，错落有致。可这个病人画出来的高山，却如同一个女人的两个乳房。老神经一字一顿地说，这是转换视角画的，是以俯瞰的视角画的。他这么一说，陪同他来参观的医生恍然大悟！画高山的神经病人大叫一声："知音啊知音！"然后，久久地和他拥抱在了一起！

真是物以类聚，人以群分。能被精神病人引为知音，别人还能说什么呢？只能把他当作精神病的同类项了，喊他一声"老神经"，似不过分。

罗瑟尔

罗瑟尔,是妇女们对他的戏称。看港台电视剧都知道,男人就是瑟尔(Sir),先生的意思。管他叫瑟尔,是一种谐音,也是说他的言行很"色儿"。

他是怎么"色儿"的呢?比如,妇女们去体检了,罗瑟尔就说她们去看眼科了。你说他色不色?又如,有的妇女打算学开车。罗瑟尔就说,我是车,你开不开?接着,就肆意大笑。妇女们听出来他不怀好意,就攥起粉拳来捶他。他并不躲闪,一边挨捶,一边笑:美啊,美,真美!要想学得会,得和师傅睡!

不过,妇女们似乎并不讨厌他,甚至挺喜欢听他讲笑话。也可以说,本来笑话并不带色,可从他嘴里一讲出来,就有色了。一次,他讲了这么个笑话,说是有个男人标榜自己是上海牌铅笔,可写最新最美的文字,可画最新最美的图画。某个女人听说了,想拿住这个男人,就说,你是铅笔,我是转笔刀!

讲完这个拙劣的笑话,罗瑟尔自己先笑了起来。他一笑,妇女们也跟着笑翻了,说罗瑟尔真坏,非弄个转笔刀削削他!妇女们笑着扑上来,揪他的头发,把他的头发揪得很乱很乱。他的头发原本是那种油光铮亮的大背头,梳理得一丝不苟。据说,蜜蜂飞上去,要挂根拐棍,不然的话,会跌个大跟头。当然,蜜蜂是母蜜蜂。

其实,罗瑟尔只不过是嘴上过过干瘾,并不动真的。动真的,也没有哪个妇女肯买他的账。因为,妇女们都知道,罗瑟尔是个离过婚的男人。对这样的男人,敬而远之为好。罗瑟尔是怎么离婚的呢?这还得从他那个破手机说起。当然,那时候,还未演《手机》这部电视剧。如果演了,罗瑟尔也会学得聪明一些,不会犯下弱智的错误,被老婆揪住大灰狼的尾巴。简短地说吧,有一天半夜,罗瑟尔睡着了,忘记关手机了,结果手机"噗"一声响了,飞进来一条暧昧的短信息。她老婆正看电视剧,抓起手机就把短信息看了。一看,勃然大怒,揪住罗瑟尔的耳朵,就把他揪醒了。

罗瑟尔舍下笑脸,一个劲给老婆赔不是,编了许多瞎话,能把死蛤蟆说出尿来。老婆警告他,甭想吃着碗里的,看着锅里的!不然的话,就离婚!老婆放过了他这一马,罗瑟尔也老实了几天。可是,江山易改,本性难移,没过几天,老婆又在他的手机里抓了个现行。老婆咆哮如雷,毫不留情地将罗瑟尔驱出了家门。

离婚大战就这么打起来了,说来说去,也是罗瑟尔没理。最终,夫妻俩去了民政局,拿到了分道扬镳的小绿本。揣着小绿本,罗瑟尔去了电信局,匿名买了张手机卡,开始不断地向原老婆发射"信骚扰",老婆知道是他干的,就找到单位领导,要求查处。领导瞪着眼睛说他,既然分手了,还应该做朋友,你好自为之吧!

罗瑟尔很不爱听这话,什么叫"好自为之"?他心里这个气呀,气单位领导不向着他说话。事情的发展并不以罗瑟尔生气不生气为转移,而是朝着他无法想象的方向发展。他做一万个梦都不会想到,老婆离婚后,竟和一个棒小伙儿闪婚了!罗瑟尔百思不得其解,真不理解!这年头,不明白的事多了。不是人们不明白,而是世界变化快!

罗瑟尔万分苦恼,但还是熬过了艰难的孤独期。不知受了哪位大师的点化,他把一切都看开了。他突然不那么愁容满面了,

而是冲人们笑道:"不要因为一棵树而看不见一片森林!"他还说:"深山出俊鸟,深山出高人!"他是俊鸟吗?他是高人吗?人们都要笑破嘴了,只是不好意思当面戳穿他!

罗瑟尔知道人们怎么看他,明白自己在人们心目中的形象。为了改变人们的看法,他开始读书了,开始研究国学了。现在,研究国学的人很多,国内的一些知名大学,甚至开设了国学班,请大款们坐飞机来听课。和大款们比,罗瑟尔学点国学算什么呢?当然,国学学多了,就忍不住要卖弄。有一天,他对一位戴眼镜的女士哦吟道:"关关雎鸠,在河之洲,窈窕淑女,君子好逑……"该女士大吃一惊,这个男人太厉害了,都会背诵《诗经》了,了不得啊!

罗瑟尔微笑不语。过不久,他竟与该女士轧马路、逛公园了。

你死不了

老莫啥时候死?这是大家共同关心的话题。可是,老莫就是不死,他正在大街上漫步呢。他咋不死呢?这让很多人着急。

也是的,蝼蚁之穴,溃千里之堤。老莫知道得太多。知道得太多,有人就巴望他死去。从系统工程来看,老莫是个薄弱环节。对于薄弱环节,最好的办法是消灭他,让他从地球上自动消失。怎样消灭他?掐死他吗?那很不容易。大活人不是好掐死的。等他得病死吗?你看他整天欢蹦乱跳,一点不像得了绝症的样子。那就让他被汽车撞死,可是,汽车就是不往他身上撞!

唉!

真是的！

要说，老莫也不是太坏。说他坏，就坏在那张嘴上，什么事他都敢说，真是嘴臭！前些年，他有个同学在公司当副处级干部，为了向上爬，用公款买了四部手机，送给了公司领导。那时候，手机还不叫手机，叫大哥大，或移动电话，或手提电话，有砖头那么大，很贵很贵的。事发后，这个同学把这事撂了。可是，接受贿赂的人，谁也不承认。法律上怎么量刑？只有这个同学自己扛了。结果，加上其他的事，判了十五年。十五年啊十五年，等出来时这个同学都变成小老头儿了。

老莫很为这个事不平。依他的了解，接受贿赂的四名领导，是完全有可能的要手机的，可是为什么就没人站出来？可怜那个想往上爬的同学，只能让人生变短变窄了。

老莫很瞧不起那四个领导，最让他瞧不起的，是那位公司副经理。老莫是个工会干事，是二级单位的工会干事。公司副经理想弄掉他，也不容易。勺子在一口大锅里搅着，都知道怎么回事。况且，老莫他老爷子活着的时候，公司副经理还是个小狗腿子。

老莫知道，公司副经理瞧他眼里有绿豆。他不怕这个。他经常往公司副经理的屋里跑。公司副经理烦死他了，他一来，一切工作都要停止，不能让他看见或听见，免得他出去乱说。这也叫防患于未然。当然，也不便撵他，公司副经理只能捏着鼻子出气。

一来二去的，老莫真的发现了公司副经理的一个小秘密。某女的，经常到公司副经理的屋里坐坐，管公司副经理叫哥。有一次，这个女的，穿了件薄如羽翼的布拉吉来见公司副经理。她没戴乳罩，乳头若隐若现。一扭脸，老莫就给编了顺口溜："×××，大咪咪，睡了上市睡存续……"上市是啥？存续是啥？了解的人都知道，公司分成两家，上市部分就是拿优良资产去境外炒

股的部分;存续部分就是不上市的部分。那位副经理主管的部分属于没上市的部分。

公司的人都笑,都说老莫真敢捅词儿。

老莫洋洋得意。他知道的,何止这个?谁若是招惹了他,肯定不会有好日子过,一张嘴,说不定就把谁给秃噜了。

他经常去的地方是公园。公园是倾吐胸中块垒的好地方,许多愁事到了这里,就会化愁为快了。也可以说,这里根本就没什么秘密。当然,公园里什么人都有,也有一些杂鱼,比如,公司宣传部的老魏就是条很大的杂鱼。老魏是个搞古物收藏的,认识社会上的许多骗子。公司领导附庸风雅,谁的手里没有老魏帮助买的赝品?当然,都是用公款买的。让人称奇的是,老魏竟然入党了。许多人,包括公司领导都来祝贺了。老莫发了个短信,到达老魏的手机。短信是这么说的,祝贺你混进党内了,群众队伍更纯洁了!

在老莫看来,对老魏这号杂鱼,就得讽刺讽刺!

老魏呢,心里恨透老莫了,恨得他脖子上都鼓包了!

转天,老莫看见了老魏,发现他的脖子鼓包了,就说他得了癌症,可不得了啦,赶紧跑啊,可别传染了。

社会是由许多人组成的,就有老莫这种人,天不怕、地不怕,眼睛里揉不得一粒沙子。于是,有些人就防着老莫,要干什么,先问老莫知道不知道?万一他知道了,怎么做应急预案?

老莫才不管这些,该吃就吃,该喝就喝,遇事不往心里搁。他是一个人吃饱,全家不饿。他没结过婚?结过。他还有个孩子。孩子很精明,在日本、美国都得过奖。前些年,老婆带着孩子走了,去了国外。提起这个,老莫就恼,真是恼劈了。

有一天,他在街上遇见了公司副经理。他对这位副经理说,我快死了！等我死后,你召集同志们,给我开个追悼会,你要带头送个花圈!

公司副经理笑道:你死不了!

老莫兀自离去了,左脚一撇,右脚一捺,步步走在路中央。

股票大师

他是位股票大师。

他在股市上叱咤风云,股民们没有不知道他的。他的家中不说是豪华万千,也是应有尽有,称他是成功人士绝不为过。

这样一位股票大师,却至今孤身一人。他没有娶媳妇,自己单着呢。这可真让人看不懂。当然,他对我也没说过什么,只是说"一个人过着挺好"。

他曾经问过我,怎么不炒股?他表示,愿意的话,可以指点我一二。我连忙摆手说,我不敢看显示屏,那上面花红柳绿的数字,让我头晕。我们单位的办公室主任老高,退休后炒股,就是看了一天的股票信息后过世的,我可不想重蹈覆辙。

股票大师笑了笑说:"你不理财,财不理你!这可是天经地义。"

在股票大师的蛊惑下,我妻子竟背着我玩起了股票。几个月过去了,妻子买的股票大跌,据说上海有人为此跳了楼。好在,小舅子把这股票接了过去,妻子这才"解套"。可妻子不接受教训,又暗地里买下了一万块钱的基金。谁知道,基金一路狂跌,几年

后才起死回生,让我妻子小小地赚了一笔。我妻子神经兮兮地说,常在江湖跑啊,哪能不玩刀呀。

我经常听见股票大师神秘地说,炒股,关键得有素质,心理素质好的,知道啥时候买,啥时候抛……

对股票大师的话,我未置可否。不过,我心里抱定一个主意,反正,我不炒股!

股票大师见到每一个熟人都要鼓噪,劝人家投身股海,争当股民。他用对小学生讲话的口吻说:"想不想发财?想的话,赶紧炒股!只有炒了股,你们才知道啥叫俯视。为什么?因为,有了钱嘛,你财大气粗嘛!"

我认真分析了股票大师的这种心态。完全是让钱闹的,越是有钱的人,越是这样。其实,这种人的内心是孤独的,也是脆弱的。

我知道他的为人。说实在的,有时候,我也挺同情他。这个人,怎么说他呢?他是一个在碱水里泡过三遍,又在盐水里煮过三遍的人。要不然,人们不会听他的话,他也不会去电台做什么股市分析师。当然,老股民们都说他能掐会算,都爱听他瞎白话。他的股票经一套一套的,不然,不可能忽悠那么多人。

"要那么多钱干什么?"我常常这么想。

让我想不到的是,股票大师居然外出听课了。有人在大学里办了个"大师培训班",专门给各类大师培训。

大师们是些什么样的人啊?哪个不是学富五车、才高八斗?真的,大师们个个自命不凡,认为自己是个前无古人、后无来者的超人。培训他们,这不是笑话吗?

经过培训,股票大师的腔调变了。有一天,他感慨地对我说:"一切大师都是一定时代的产物,都是个性化的艰苦复杂的创造性的精神劳动。大师是我们这个时代的象征,更是我们这个时代的骄傲!"

我也应答如流:"西方的古希腊罗马时代、文艺复兴时代和启蒙运动时代,以及我国的春秋战国时代、唐宋时代,都出现了一批举世瞩目的大师。我们谨以孔子为例。孔子的底线,其实是一种普遍的价值观。孔子是中国文明的象征,这个文明的选择被古老的中国持续了两千多年。这说明了什么?天不变,道亦不变。道可道,非常道。必须说,大师们未尽的事业,从未画上等号。历史的重任落在了每个大师的肩上,责无旁贷!"

我和他说起孔子的时候,股票大师一脸崇拜。

喔喔喔。

顺着股票大师的话题,我宣讲了一些中外名人的小故事。达尔文、爱因斯坦、雨果、莫扎特、梁启超、季羡林、钱钟书、华罗庚……都在我列出的名单之内。

股票大师惊异地为我鼓掌。

股票大师跑了出去。他像是打了鸡血般兴奋。他边跑边说,他要请他的同学们来听我讲课。

我呵呵地笑了。

我用了一下午的时间,给大师们讲述了晚清时一位中国人的故事。这位中国人,能够在各种势力之争中找出最大的公约数。他不是那种挽狂澜于既倒、扶大厦之将倾的人物,却是位愿做事、能做事、会做事的人。人们对他褒贬不一,难以定论。20 世纪"大跃进"年代,人们将他的墓穴挖开,用绳子拴着他的遗体,挂在拖拉机后面游街,直到尸骨散尽。今天,他的墓地被重金打造,家乡兴起了旅游热,人们都在指望用他的名字致富!

股票大师和我成了好朋友。

他经常请我吃饭,当然是他买单。他也说到了自己为何没有成家,说是股市凶险,哪一天,出现了意外,他可不想让一个女人为他守寡。他漫不经心地说:"有你这样的朋友在身边,我才能战胜自我!"

他总是这样对粉丝们说:"知道我为啥成功吗?因为,我身边有一位不炒股的人!告诉你们,炒股的最高境界是不炒股!"

他的话,让粉丝们一愣一愣的。

不爱说话的人

他是个不爱说话的人。是的,是个闷嘴,但该弄的事儿也不少弄。比如,结婚不到一年,他就弄出来个大胖小子。

有人看明白了他,说他信奉着孔子的名言:"知之为知之,不知为不知,是知也!"

对这个不爱说话的人,有人喜欢,有人不喜欢。喜欢他的人,夸他是个"大能耐",是个"会弄大事儿的闷逮";不喜欢他的人,就遭贬他,说他"一锥子攮不出来一滴血""八杠子夯不出来一个屁!"

他也不管别人喜欢不喜欢,一天到晚,总是抱住葫芦不开瓢。后来,有个喜欢他的人当上了领导,就把他作为小领导提拔了。人们突然发现,他能说会道了,任何事情让他说起来,没理也能说成有理,而且,头头是道。有人担心他会犯错误,就提醒他注意,"逢人只说三分话,未可全抛一片心"。他很生气,就对劝他的人说:"你是让我口蜜腹剑吗?"

劝他的人感觉没意思,很没意思,扭过头去,不再理他了。"疯去吧,让他疯去吧!"劝他的人在心里说。

就这样,他由一个不爱说话的人,变成了爱说话的人。对,也就是那种不讲人话的人。他说的话,经常让人们听不懂,比如"结构性增长"之类,没几个人能听明白。于是,人们就骂他"不会讲人话"。

然而,天有不测风云。有一天,那个欣赏他的领导被调走了。他没有接上班,反而让人家给踹下去了。

他又成为平头百姓了,整天没有一句话,而是对着墙发愣,别人说什么,他就听什么,从来也不反驳,都是"欣然同意",或"很好",或"还好"。其实,人们也知道他的意思,什么"欣然同意"?"很好"?"还好"?只是不发表反对意见就是了。后来,他索性将嘴巴挂到了墙上。

有人说,他在玩沉默。也有人说沉默是一种处世哲学,这种哲学,用得好,也是一门艺术。

他笑而不答。不过,他嘴角那意思,分明是说,你们要懂得沉默哦。

有人进一步分析说,沉默是最安全的防御战略。说话是一件很费神的事,能少说或不说以及应少说或不说,实在是长寿之道!

他保持着沉默的样子,仍不说话。

哎,让他开口说句话,可真难!

不过,解救他的办法,也有一个,这就是再次提拔他,把他重新放到领导岗位上,让他谈笑风生,让他口若悬河,让他滔滔不绝,让他重三到四!总之,一句话,让他大声说话!

上级领导也觉得他这个人还是有用的,就派人考察他。考核

组的人和他一接触，没想到，他夸夸其谈，说了许多废话。废话不废。考核组向上级领导一汇报，上级领导大喜。上级领导心说，能说废话的人，是一大本事。现在，比的就是谁会说废话，看谁说的新鲜，好听！

上级领导一高兴，就召集了有关会议，给他下了一个任职的红头文件。

这个以前不爱说话的人，走马上任了。

他的任务就是每天陷在一堆报纸堆里炮制新的废话。然后，发下去让大家学习。当然，主要是他抽时间宣讲，他很善于将亲手炮制的废话说到极致，时常也因为废话说得好听而赢来阵阵掌声。是的，无论他去哪里说废话，人家都不会让他白说，总要给他封个红包"意思意思"，还会拉他去大酒店"吃香的、喝辣的"。

人们都明白他是"话中有鬼"，是在搞"鬼鬼祟祟"。但是，也不揭穿他。谁让他是上级领导的"红人"了？这样，他搞起鬼来，就大行其道了。

那个启用他的上级领导，称赞他是个"鬼聪明"，说他是个"有用的废物"呢。

听听，上级领导都这么说，群众只能无言了。

可是，领导这话传到他耳朵里后，他渐渐地变得无话可说了。

这是怎么回事呢？人们百思不得其解。

他在办公室的墙上挂上了郑板桥"难得糊涂"的条幅，还时不时地说些"不知道"的名言，或者开口就是评论天气。人们渐渐地理解了他，说他是个大神仙。人们再看他的目光，就是那种"戏法人人会变，各有巧妙不同"了。

真的，不知道什么时候，他又不爱说话了。无论上边雷声多么大，他都能安之若素。每天上午十点和下午四点，他都会拿出杂面窝窝头,就着温开水啃掉。

他的这个状态,肯定会有人汇报给领导。

领导微微一笑说:"他啃上了粗粮窝头?让他啃吧,这个高血糖患者!"

高血糖患者是无法在上头混的,找了个机会,领导就让他"内退"回家了。

一回到家,他反而爱讲话了,一天到晚,对着老伴儿絮絮叨叨,一副退休不退志的神态。

家人烦死他了,弄了些药片,哄他吃了下去。

从此,他变成了郁郁寡欢的人,再也不高谈阔论了。

当然,人们有时会提起他,说到他如何两起两落。这时候,有人就说:"比起三起三落的人,他还差一截呢!"

没人把这话传给他,在人们的眼里,他什么也不是。

不过,也有人说他曾经很健谈。这么说的人,是当他面说好听的。

每逢这时,他都会做出陶醉的样子,显得很可爱。

朋友圈

梅生的朋友圈很大,人也很多。没办法,认识的人多嘛。这年头,认识的人多,就意味着朋友多,圈子就大,而且人也多。掐指算来,梅生共有 12 个圈子。每天,他像蚱蜢一样,从这个圈子蹦到那个圈子,忙得不亦乐乎。当然,他的圈子和大家的都一样,

无外乎就是八卦新闻、养生秘诀、坊间奇闻……但不管怎么说，圈子让他感到人生不那么寂寞，许多有意思或没有意思的话题尽在其中。

先说梅生最大的圈子——同学圈。这里面真真假假有108位神仙，小学、中学、大学的都有。为什么不是107位或109位？这本身就是个似是而非的话题。别问了，你懂的。这个圈子，自然要通报同学离婚的信息，还有中学时代一知半解的顺口溜以及当下同学聚会"拆散一对儿是一对儿"的真谛。很多同学都不明白这是怎么了，反正现在是个多标准的时代。

再说梅生的第二个圈子，也就是搞艺术的圈子。他总是以艺术范儿示人，开口闭口就是我们艺术圈如何，常常以会跳三步、四步为骄傲。这个圈子，发布的都是艺术新闻。搞艺术的人，也真能侃，什么瞎话都能编出来，而且，带着艺术的花边。比如，"我的鞋子我做主"，"猪会笑"，"大师为神话而哭泣"……这些唬人的东西，除了抓人的眼球之外，还会令人的肌肤涌现密密麻麻的小米。梅生却不以为然。会跳三步、四步的人，梅生封为舞蹈大师；能掰魔方的人，梅生封为杂技精英。什么大就封什么，反正玩呢！是吧？

当然了，梅生的第三个圈子是非说不可的。这是个海外的圈子。不用问，什么肤色的朋友都有。朋友们分布在世界各地，你说，梅生玩得大不大？是的，刚开始，这就是个海员的圈子。天知道，梅生怎么成了海洋俱乐部的荣誉会员。梅生知道，海员们航海期长，显得特别孤独和苦闷。但是，海员们见多识广，最有发言权。海员的身上，总有一种无法言说的东西。而海外与海员不同，海外的圈子像大海一样辽阔与深沉，除非他是个沾沾自喜的井底之蛙！这样，梅生就把海员改成了海外。改过以后，大有好处。海外的朋友经常说出一些名言,令他目瞪口呆。比如,有个黑人朋友说:"给你个皇帝做,又能怎么样?"梅生充满感慨地想:"海外的月亮就是圆啊!"

不说了,梅生圈子里的秘密我泄漏得不少了。

平心而论,有些圈子,梅生不太进去,除非微信自动地跳到手机上。什么知青圈、车工圈、老阿姨圈、晨练圈、糖尿病圈、彩票圈、宠物圈……他很少进去。奇怪的是,有一天,他去买彩票,没有一个人拦他,好像他发了财,该买。没想到,他一出彩票站,一辆卡车就飞奔而来……

梅生在医院躺了三天三夜。他醒来的时候,看到病榻前守护的全都是家人亲戚,朋友圈的人一个没有。这怎么可能?就是有这种可能。自己的朋友圈再大、人再多,竟没有一个朋友来看望。事后,很多朋友在圈里转发了他受伤的消息。这更让他受不了啦,他索性把自己的手机摔了。

摔了就摔了吧。朋友圈的人听说了,都笑了。有个朋友说,我们去不去看他,有什么用呢?我们又不懂得怎样救人!如何救人,还是要靠医生!另一个朋友说,现在的医疗技术这么先进,梅生他死不了!

梅生果然没死。伤筋动骨一百天。百天后,人们又看见梅生在圈子里蹦蹦跳跳了。

人们看见,梅生正在用手机往朋友圈子里发微信,还配了照片或插图,可谓图文并茂了。梅生呢,站在花丛中,忽而打拳,忽而做广播体操,模仿的全都是戏剧里的小生动作。嘴里还"咿咿呀呀"地唱着什么。唱什么呢?听不懂。总之是告诉人们,我的命运是坚强的,我的毅力是坚不可摧的。

这就是梅生。

闲下来的时候,梅生就建立新的朋友圈,淘汰那些中看不中用的熊货。梅生想,什么是朋友?狗屁。我把他当朋友他就是朋友,我不把他当朋友他就不是朋友!

就这样,梅生把自己关在屋子里,审视手机上的朋友圈。审视的结果是,大部分朋友是好的,或比较好的。他舍不得将朋友们删个一干二净。不知为什么,他很希望有一些荒诞离奇的事件在朋友圈里发生。他就是这个态度,很关注朋友圈的一举一动。

也许,大家都是他这种态度,不管谁有了什么事,"哈"一声,就过去了。

就是这个态度吧,没人说应该不应该。

谁让自己的圈子多,圈子大?梅生经常这么想。

换个角度看人生

在我们从昆明回来的那个下午,当列车即将到达终点的前夕,王同利兽性大发,将列车的地板拖得干干净净,嘴里还唱着歌。我和同去云南采风的老吴哈哈大笑,以为王同利大脑犯病。

女列车员在空中配合着他,一边叠着毛毯,一边给他唱"社员都是向阳花",让他激动得手舞足蹈。他对我大声地说:"哥,换个角度看人生!我觉得,我现在是个哲学家!"

哲学家?我捧腹大笑。说实在的,我没想到王同利会说出这么有哲学味的话。

我的印象中,他很不听话,不听我老丈人的话,不听我老丈母娘的话,不听她老婆、我小姨子的话。当然,也不听我这个当姐夫的话。一路上,我们三个去云南,考虑他当过兵,我提议他负责安全保卫。他冲我翻了翻白眼,吼了一句"换个角度看人生!我快乐,我幸福!"就去山坳里听小伙儿和姑娘们对山歌去了。

西南边陲,少数民族能歌善舞,常常让王同利脚步发痒。到昆明,我们去民族村看泼水节,他竟领回来一位傣族姑娘。他说,换个角度看人生,他要玩哲学。他问我同意不同意带姑娘回北方去?我哭笑不得。临来时,小姨子怕他乱花钱犯错误,把给他带的钱全交给了我,让我拿着。

到了西双版纳,真令人大开眼界。

这里真美啊。这里真是个童话般的国度!十多个民族,以傣族为主,穿着艳丽服装的少女叫小卜少,身披袈裟的少男叫小和尚,他们信奉着佛教,载歌载舞,人人都生活在幸福的天堂里。

这里的汉人呢?真令人想不到。女人骑着三轮车上街揽客,男人则不知猫到哪里享清福。

也不知怎么搞的,王同利看完了人妖表演,又和人妖照了几张相,便找不到东西南北了。他自己打了三轮车回了下榻的宾馆,他哪来的钱呢?他摇头晃脑地唱着"换个角度看人生"都是自编自演的词儿,惊得我目瞪口呆。

我们总算回到了昆明。

到达昆明后,张先生要给我们接风洗尘。可是,酒宴进行到一半,王同利却不见了。也只好不管他了。可是我没想到,回来时,他正在大门外等我和老吴。只见他,衣服从上到下都湿了。这是怎么回事?回到屋里,他才诺诺地说,让一个姑娘给泼的……我二话没说,找了套干净衣服扔给了他。他边换衣服边哆嗦着说:"本想换个角度看人生的,我是哲学家嘛。"我气得大笑,真是大言不惭！

情况就是这么个情况。

回到家后，我将王同利在云南的表现（当然是好的表现）对岳父岳母大人和小姨子做了汇报。他们很满意我把王同利平安地带回来了。接着，我便将云南特产献给了他们，哄得全体亲戚们沉浸在幸福里了。

王同利说要感谢我。他说："换个角度看人生。我最喜欢哲学。你将来再去国外出差，还带着我！有用得着我的时候！"

我矜持地说："看你的表现吧！"

不久，他就有了我意想不到的表现。过年的时候，他到我家来了，拿来了一大捆韭黄，说包饺子好吃。我知道，韭黄刚上市，最嫩，价格也最贵。于是，我让老婆提给她爸和她妈了。这等尤物，我怎么能独吞呢。二位老人也够意思，吆喝来了女婿们美美地吃了顿饺子。

从此以后，我和王同利便混得更哥们了。

许多年过去了，老人们都已经作古了，我和王同利都成了爷爷。世界变化得真快，许多事物都颠覆了。有一天，王同利由小姨子陪着，来我家找我了。他们说，准备在海南买一套房子，王同利还说："换个角度看人生！用哲学的观点看一切！"

我很诧异他们的脑子进水了，没想到第二天他们就去了海南。据说，房地产商送给他们一次免费旅游。

很快，他们就从海南回来了，把房钱交了。

接下来，王同利一个人下海南装修房子去了。

海南能和云南一样吗？我有些恨自己了。当初，带王同利去云南采什么风啊？

老吴很幽默，给"换个角度看人生"谱了个曲。

我笑了笑说:"王同利这个哲学家啊,等他回来,我唱给他听。"

寿字幅

战友们商量好了,要给医学院的李教授送份礼。送什么好呢?老宋来找文化宫的杨主任,请他给拿拿主意。

当初,大家都是干部训练团的老战友,包括当年的李军医。二十世纪五十年代,这批老战友集体转业到省城西郊的大型国企,只有李军医去了医学院,成了现在的李教授。几十年过去了,老战友们都奔八十岁。有几个性子急的,早早地去见了马克思。战友们平日里没少去麻烦李教授。谁让他是医学院的心血管病专家呢?没办法,人一上了岁数,各方面的毛病都出来了。就凭这,大家也要去答谢李教授。李教授最近要过八十大寿,总该表达表达战友们的心意。

杨主任说,你们的想法,我理解。请李教授吃顿饭?给他买点东西?这都太俗了。何不来点高雅的,送幅字给他,送个"寿"字,给他祝寿。也不用请名人书写,花那冤枉钱干啥?咱就请老徐写,老徐是省书法家协会的会员,一幅字卖到日本,人家给三千。咱请老徐写,每人兑五十块钱就行。纸和墨是人家的吧?人家要拿到省城去装裱吧?来回总要坐车吧?中午总得喝碗烩面吧?

老宋说,行,每人拿五十块钱,就让老徐写。

改日,老宋把干部训练团的名单送过来了,十五个人交了七百五十块钱,也送了过来。

老宋说,活着的,剩十八个人,还有三个没通知到,一时联系不上。哪三个呢?一个是老戴,去深圳带孙子了,找不到他的电话号码;另一个是老朱,长期住院,没好意思去找他;再一个是老孟,退休前是个副厂级,退休后养尊处优,说话很不中听。

杨主任说,最好把十八个人的名字都写上,十八棵青松都健在嘛。

老宋说,我也是这个意思,宁拉一屯,不拉一人。

杨主任说,先写十五个人的名字。差那三个人,给他们留出地方。谁交了钱,再把谁的名字添上。

老宋笑道,也只能这样。

杨主任对老徐吩咐了这件事,老徐很快就把"寿"字写好了。按照杨主任的意思,"寿"字后面写上了十五个人的名字。老徐把"寿"字送了过来,杨主任看了连声说好。杨主任说,这个"寿"字,最能表达老战友的心愿。

老徐说,是啊,谁愿意死啊?谁都不愿意死!过去,总以为死是别人的事儿;现在,都明白了,死亡会随时落到自己的头上!

杨主任笑道,所以,干部训练团的老战友,要拿着你写的"寿"字,献给李教授。说实在的,这也是一笔感情投资,这些年,老战友们没少麻烦人家!

老徐问,差那三个人,怎么办呢?

杨主任说,再等一等吧。我让老宋再找找那三个人,请他们参加集体活动。

没几天,老宋过来说,三个人都联系上了。老戴从深圳打来了电话,愿意参加老战友的统一行动,给李教授献"寿",让老宋先把钱给他垫上。老朱正在住院,几个老战友去看望他,他也表示,一定要参加集体行动,并当场把五十块钱拿了出来。只有一个老孟,死猪不怕开水烫,高低不肯交钱。好像他老孟不会死似的,好像他不知道人总有一死,或重于泰山,或轻于鸿毛!老宋说着,把一百块钱拿了出来。

杨主任说,他不参加,那就只有把他忽略不计了。不算他,现在是十七个人,共八百五十块钱。

老宋叹道,真没想到,干部训练团的十八棵青松,少了一棵!

杨主任说,少一棵就少一棵吧。杨主任知道,老孟的船歪在哪里了。老孟是不愿意混同于群众的,尽管这些群众曾经是他的老战友。

转天,杨主任把老徐叫来,对老徐说,你把老戴和老朱添上吧,不等老孟了。还是那句话,如果,老孟有病了,李教授不给他看就是了。

老徐说,我知道他,他以为自己不会死。干部训练团的人,就数他官儿大!

说什么好呢?什么也不说了吧。杨主任吹上了小口哨。心情复杂的时候,杨主任总是用口哨表达自己的情绪。

一个风和日丽的日子,老宋领着战友们,去了医学院,向李教授献了"寿"字。

夜深人静的时候,李教授望着"寿"字,数着上面的人名,发现只有十七个人。他知道,这个厂的战友们,还有十八个人活着。怎么会少一个呢?经过排查,最终锁定了老孟。李教授笑了笑,把老孟记在心里了。

李教授与老孟是熟悉的。老孟来过医学院,检查、治疗一些毛病。老孟每次来,李教授都要跑前跑后,大开绿灯。

李教授在心里说,难道老孟以后不来了吗?等他来吧,等他来看病。他知道,老孟是个副厂级,级别比一般人高。

老孟却一直没来,再也没来找过李教授。

吴半仙

吴半仙之所以得其雅号,是因为能掐会算。每逢电大期末考试,他都能根据复习大纲,考出及格的成绩。所谓及格,就是刚好考过60分,最高65分。每门功课都这样,并不多考,不争80分的良好,也不争100分的优秀。这就是他的本事了,只考60多分,及格就行。多考那几分,也是为了保60分。吴半仙说,60分和100分一样嘛,60分万岁!至于古人所说的"取法其上,仅得其中;取法其中,仅得其下",吴半仙总是嗤之以鼻的。也难怪,别人吭哧吭哧复习多少天,也未必能考到80分。而吴半仙,看不到他复习,却能考及格,这就不能不让人服气了。

说他是半仙,他还真懂得些易经、八卦之类的玄学。别人看着那些经线、八卦图,往往越看越晕,如坠云里雾里。吴半仙却能当众批讲一通,日月水火土,东西南北中,忽而云遮雾罩,忽而深入浅出。多数人对易经、八卦是不感兴趣的。吴半仙也不主动卖弄。只是有人考不及格了,不开心了,他才会萌动恻隐之心,聊上几句。聊着聊着,就聊到了易经、八卦上。他也不玩深刻的。有时,干脆就摸出一副扑克牌,给你算命。或者,拿出一张白纸,让你在纸上画房子、山坡、河流、小鸟、大树、毒蛇什么的,他根据画面,红口白牙地说上一番,也是为了给同学宽心。

他完全是一副仙人指路的神态,不做作,不夸张,也不自吹自擂,由不得你不信。听他侃侃而谈,听他娓娓道来,崇拜之情油然而生。那时候,中国人还未发明"粉丝"这个词,但已有"追星族"出现。电大各专业里有许多崇拜吴半仙的青年男女,他们经常在楼梯上截住他,或在课间来找他,听他宣讲报纸上见不到的格言,把他当成了精神教父。人们喜欢大谈思想解放,而吴半仙的演说,无疑为人们的思维打开了另一道门。

青年们喜欢吴半仙,有没有女青年想嫁给他,那就不知道了。他当然已婚了,而且,女儿都上初中了。准确地讲,是个老青年了。其实,有人迷信他,八成也是想听听他的指点,或者说,请他划划重点,混个及格。如果,吴半仙给划了重点,自己再扩大一圈儿,就没有过不去的火焰山了。

神秘莫测、足智多谋,往往是吴半仙高人一筹的写照。除了划重点、会算命之外,吴半仙还会玩"脑筋急转弯"这类小把戏。在他的答案里,1+1永远不等于2,树上有8只鸟,打死了1只鸟,永远不会剩下7只鸟。"脑筋急转弯"属于儿童游戏,却往往让成年人目瞪口呆。人们傻脸的同时,头痛欲裂,发誓绝不参与这游戏。吴半仙耐人寻味地笑笑,丢下"无奈"二字,令人无穷无尽地思考。

吴半仙有个缺点,就是不太关心集体。每天,他总是踩着铃声到校,不擦桌子,不扫地,也不擦黑板。仿佛他来的是客栈,而不是学校。这样一个不关心集体的人,就要有人和他谈谈话了。班长找到他,向他指出了这条缺点。吴半仙笑笑说:"屁股决定脑袋,不在其位,不谋其政啊。"吴半仙这句话,把班长噎得干瞪眼。此外,他还不捐款,任何捐款都不参加。他这么说:"我怎

知道捐款到了谁的手上呢?"他还不捐衣物。他举例说明,有个县城接到各地捐献的衣物,全都撕碎了当宾馆的拖把。他举这个例子,也不是瞎编的,报纸上刊登了图片新闻。

　　电大毕业后,同学们都各奔东西了,很少见面。偶然在街上碰见了,都会聊起吴半仙。说他用了电大所学的知识,炒股了,发财了。果真是这样。他在街上见到谁,就和谁说炒股。炒股,大家是知道的,10个人里有7个人赔,2个人不赔不赚,只有1个人赚钱。他说他就是那个赚钱的人,他邀请大家和他一块炒股,最好把钱都给他,让他统一炒,赚了大家分。真不知他帮了多少人炒股,也不知他的蛋糕做得有多大。

　　后来,有人在电大门口见到他,很是惊诧。难道,他又回学校充电了?他的回答,却令人大跌眼镜。他告诉对方,电大聘他当兼职教师了,专讲经济管理。

礼品盒

　　大志到南方出差,临走,南方老板送他几个礼品盒。盒子比鞋盒略大,不过,装的不是鞋子,装的是土特产。南方的老板说:"带上吧,送给夫人尝一尝!"

　　大志面露难色,这么多东西,怎么带啊?大志已经买了许多东西,老板送的这几个礼品盒,实在没法拿!

　　老板说:"这好办,你找一个大袋子,把东西装到袋子里!"又说,"去掉包装盒再装,要盒子也没用!"

大志说:"盒子不能扔!我老婆就认盒子!"

老板笑道:"那可以把盒子叠好,一块装到袋子里,回家后再装上!"

大志摇摇头说:"不行,这样做,可就打折扣喽!"他仿佛已看见老婆那鄙夷的神色。大志坚持,要用绳子把礼品盒捆起来,只有这样,盒子就像原装的了。

老板出主意说,可以用捆扎啤酒的尼龙草捆扎。又建议,在盒子的外面,垫上一层废纸,免得污损,这样,盒子就完好如初了。

大志去了酒店餐厅,找到了尼龙草,很快,就把盒子捆扎好了。也就是把盒子都捆到了一块。好在盒子不大,也都轻,提着很方便。就是废纸找不到,盒子裸露在外面。

老板略一沉思,命手下人找来几张旧报纸,让大志把盒子围起来。很快,大志就把盒子围好了,把旧报纸塞进了尼龙草与盒子之间。可是,盒子却显得很窝囊,一点也不清爽。

大志三把两把就把旧报纸扯了,又用旧拖把在下面的盒子上蹭了层,蹭出来一片污渍。

老板看得目瞪口呆,不明白大志是什么意思。

大志笑道:"这么一蹭,更像了,更像是我从南方风尘仆仆带回来的!"

老板引颈大笑,笑声如雷。

大志提上盒子,上了火车。

一路无话。

大志到了家中,老婆很是高兴。老婆提着那捆礼品盒看了看,挑出两盒说:"这个,送给你们主任,他是给你签字报销的!"又挑出两盒说,"这个,我带着走了。"

大志心里有数。一共五盒,剩下的那盒是用旧拖把蹭过的。

他什么也没说,提上老婆给他的那两盒,去了单位。见到主任,很随意地把两个礼品盒献上了。

主任笑笑,笑纳了。

出了门,大志想,老婆拿那两盒干什么去了?

可是,不好问,也不便问,那就不问。

还是老婆主动说了。老婆说,她拿走的那两盒,送给了包装公司。对,就是以前的包装车间,现在叫新装潢包装公司了。老婆说:"新装潢包装公司的人,都说南方人有创意,会设计!"老婆又说:"要不了几天,新装潢包装公司就会拿出来新产品!"

大志笑了,平静地说:"他们要感谢你送去的金点子!"

老婆笑道:"是你从南方带回来的!他们应该宴请你!"

让大志高兴的是,新装潢包装公司果然宴请他吃火腿了。席间,新装潢包装公司的头头给他敬酒说:"感谢你带回来的金点子!让我们有了新路子!"大志扭头看看老婆,老婆一副得意的样子。

新装潢包装公司的头头对大志的老婆说:"今后,你见到什么有价值的包装盒子,一定要送过来!包括别人扔掉的垃圾!"

又过了几天,南方的老板竟然来了,一来到,就拱进了主任的办公室。第二天,南方老板走的时候,主任亲自送他。主任提过来几个礼品盒说:"这是我们的新产品,请尝尝鲜!"大志发现,主任提的礼品盒同自己从南方带回来的一样漂亮,但也做了小改进。

南方的老板提出来要去大志家看看。在大志家,老板见到了那个用旧拖把蹭过的盒子。老板拿过盒子,对大志夫妇说:"喏,这就是我们的产品!"说着,他拿出一张纸要大志看。大志看到了"合同书"三个字。

第 100 个

　　每天,他都要去医院门口看讣告,看看谁又被贴出来了。然后,他记下逝者的名字,将讣告抄写在小本子上。医院,是通往死亡的平台,隔三岔五,总有人要离开这个世界。有时,一天会送走好几个呢。

　　看见他抄写讣告,人们就把他当成一个很怪异的人,误以为他有收藏癖,专门收藏讣告。

　　人们哪里知道,他是个身患绝症的人。死神已经向他招手了,他几乎可以听见黄泉路上的潺潺流水了。

　　他不想死,真的不想死。每一个有生命的人,都不想死。他也曾经自暴自弃,想一头撞死到墙上。死亡的方法有许多种。也许是处于胆怯,他没有选择自尽,而是硬撑着活下来了。活一天,算一天吧,他这么想。这是个很简单的想法。有时,简单胜于复杂。简单,可以让人看见另一道风景。

　　忽然,有一天,他在医院门口看见了讣告。过去,他从未留意过医院门口的讣告。而这一次,讣告磁石般地将他吸引了。讣告上是谁,已经不重要的了。重要的是,一道闪电划过脑际,燃亮了他心中的那片死海。

　　于是,他每天都到医院门口看讣告,看谁又被贴出来了。一个又一个名字,有些是他很熟悉的。熟悉他们的音容笑貌,熟悉他们的家庭子女。于是,他开始一笔一画地抄写讣告。日积月

累,他抄写了厚厚的一个本子。

　　有这么多人,在前面走了,自己对死亡,还有什么可惧怕的呢!讣告上那些沉痛的词语感染着他,燃烧着他。燃烧过后,他的内心反倒平静下来了。如果,有一天,自己的名字真的被加上了黑框,真的被写到讣告上了,应该是一件很平常的事情。

　　真的,在医院门口,人们脚步匆匆,谁会在意一粒灰尘溶入大海呢?生来死去,医院不过是一条便捷的通道。

　　闲下来的时候,他开始整理那些讣告了。他将每一条讣告整理成文辞精美的散文。他歌颂死者,超度死亡,心里没有一丝倦怠和杂念。

　　他有一个朴实的想法,写够99个人,然后,就挂笔,将第100个位置留给自己。虽然,他不知道,有谁会把他当作第100个逝者来写,但他相信,会有人来做这件事情。他的心,真的很平静。有99个善良的人,在另一个世界等着自己,还有什么可留恋的呢?

　　第100个死亡的人,他希望是自己。

　　他每天都去医院门口抄写讣告,有时,也会空手而归。毕竟,医院也不是天天死人。这时候,他会仰望蓝天,打一个漂亮的响鼻儿,喷出胸中的浊气。然后,他便扯着嗓子唱歌,唱天大地大,唱爹亲娘亲。

　　有时,他会翻阅那些由讣告改写的美文,一个人独自欣赏。每当这时,便是他最惬意的时刻了。他对着那文章中的逝者说:哦,朋友,想我了吗?不要急,总有一天,我会去找你们的!

　　死亡,对他来说,已经无所谓了,真的无所谓了。只要上帝来召唤,鞋一蹬,说去就去了。

　　可是,上帝一直没有露面。

上帝说过,人类一思考,上帝就发笑。

上帝每天都对着他发笑。虽然,他看不见上帝的微笑,但上帝能看见他思考。

后来,有一天,他打算给自己写的那些文章编号,排查一下自己的写作数量。让他吃惊的是,他写的文章,已经超过100篇了。也就是说,他神不知鬼不觉地与死亡擦肩而过!

第100个逝者,不是自己!

他喜出望外!他泪流满面!

医生不相信这个奇迹。医生说:如果真是这样的话,我直接给每个绝症患者开具《死亡通知书》好了,让患者与死神零距离接触!

他没有和医生争辩。每天,他依然跑到医院门口,抄写讣告,然后,回家整理成文章。

到现在,他还活着。如果,你想找到他,可以去医院门口。在任何一家医院的门口,你都会碰到他这样的人。

眼　疾

他感到眼睛出了毛病,视力下降,看什么都模糊不清了。其实,也不奇怪,过了天命之年,身体的各个器官都在退化。自己的那些同龄人,不也一个个早就眼花了吗?一花一大片呢。

儿子让他去医院查查。

听了儿子的话,他去了医院。眼科医生给他做了检查,很认

真地告诉他,你是白内障,成熟期。

白内障! 他吓了一跳。

平时,就指望这双眼睛呢,用眼睛看电脑,用眼睛读书报,用眼睛打量世界。白内障,若是不及时治疗,发展下去就是失明!

做手术吧。医生平静地说。

放心,手术的技术很成熟。医生又说。

他同意了医生的意见,给眼睛做手术。

他把自己的打算对身边的人说了。人们都笑了。有人笑道,你是该做手术了,用手术刀一拉,顺便割个双眼皮。也有人笑着说,做什么手术? 活一天算一天呗。

他知道人们是拿他打趣,便很自信地说,人生还有多少年? 我要活出质量呢。

人们笑笑,什么都不再说。背地里,人们却在笑他,他想看清这个世界呢,什么都要入自己的法眼!

他不知道人们的议论,选了个日子,把手术做了。

手术做得很成功。当天下午,就可以摘掉纱布回家了,第二天,就满大街晃荡了。

他想好好休息几天。

是的,周围的一切太清晰了,反倒有些不适应了。做手术真是太好了,太应该了,再也不用担心会失明了。

淡定。他对自己说。越是看清楚了世界,越是应该淡定。

他默默地背诵着顾城的诗:"黑夜给了我黑色的眼睛,我却用它来寻找光明……"

背了一遍又一遍。

他把眼光放开去,打量身边的一切,发现每个角落都肮脏无比。他又用眼睛环视人群,读出了各种各样的表情,有欣喜与快乐,有悲伤与痛苦,有隐晦与难言,有木然与冷酷……

怎么会是这样呢?

以往,他从未关注过他人的表情,只觉得到处都在莺歌燕舞,到处都在春风送暖。太平盛世,人们都在歌舞升平,歌唱幸福的每一天。

他感到了不可思议。

他的情绪明显地低落了,郁闷了。

爸,您怎么不开心呢? 儿子问他。

他挥挥手,没有做任何解释。

儿子懂事地将一副墨镜递给他,请他戴上。

他戴上了墨镜,透过茶色的镜片观望世界。没想到,这让他喜出望外。因为,镜片里的世界又变得不清楚了,像从前一样,模糊不清了。

他心里分外欣喜,墨镜真是一个好东西!

他离不开墨镜了。每天,总要戴着墨镜到外面去,感受社会,感受人生。真的,墨镜让他感到很和谐,没有任何看着不顺眼的东西,心里很平静。

过了些日子,他到单位去了。

人们很惊讶。怎么,你的手术不是很成功吗? 为什么还要戴上墨镜呢?

他笑笑,笑而不答。

就这样,他成了一个戴墨镜的人。

需要看清楚什么的时候,他就把墨镜摘下来,偷偷地瞄上两眼。更多的时候,不需要看清周围的一切,他就戴上墨镜。眼不见心不烦,让自己保持应有的矜持。

他的这副状态,人们并没有察觉。人们都在背后议论他:可

惜了,这么帅的一个人,一天到晚戴个墨镜,像盲人一样!

他却在心里发笑,因为他知道人们在想些什么。他明白,要想保持自己的状态,恐怕就不能摘下墨镜了。

时间一长,人们也就不在意他了,把他忽略掉了。是的,没必要在意他嘛,没必要重视他。一个戴墨镜的人,说到底,也就是个什么都看不清楚的人。

他似乎却在提醒人们他的存在。他挂在嘴边上的一句话是:"据我观察……"

每逢他这么说的时候,人们都憋不住暗笑。什么呀?你观察什么呀?一个瞎子,你究竟能观察什么?

终于有一天,他实在忍无可忍了,摘下来墨镜说,你们看看我的眼睛!

人们都围过来观瞧。

有个心直口快的人说,你的眼睛,怎么和我们不一样啊?目光发散,没有光亮!

是吗?他拿过镜子观瞧。

结果,他大吃一惊。他的眼睛有深深的黑洞!

一瞬间,他什么都看不见了。

老孟的想法

也不知咋搞的,老孟又去了北京。

当然,老孟不是去旅游。老孟六十冒尖了,也没娶老婆,老娘又死得早,只剩下一个老爹,不可能去寻风花雪月。

是的,老孟年幼的时候,曾经羡慕过北京的一切。伟大祖国的心脏,各族人民向往的首都。记得,县里来支教的老师,留个瓦片头,教小孩子们学唱:"我在马路边,捡到一分钱……"老孟这才知道,北京很大,大得不得了,而且,北京人很高尚,捡到一分钱,要交到警察叔叔手里边。若是在村里,大傻子才这么干呢,捡到一分钱,早跑到小铺买糖了。糖放嘴里甜得很呢。那时候,一分钱很值钱,能买糖。

就这么着,老孟由小孟成长为大孟,又从大孟变成了老孟,没离开过村里半步。打工潮袭来的时候,老孟跟着一伙人去了北京。很快,这伙人又嚷嚷要去广东。这伙人说,广东人的钱好挣。只留下老孟一个人没走,把他甩在了北京。

其实,北京的钱也好挣。丢一角钱钢镚到马路边,北京人连睬也不睬,懒得弯腰去捡。北京人真富哇,真有钱。老孟去了劳务市场,给人家当男保姆。人家每月给他两千块钱。

老孟心里爽啊,却从不回老家炫富。

干熟了,老孟开始不断地跳槽。他有理由跳槽,他已干到高级保姆的级别了。工资从起初的两千干到两千五,再从两千五干到三千,又从三千干到三千五,又要到四千,现在要到五千,五百、五百地长。从照看小孩到看护老人,从干家务到去医院当护工,啥挣钱多干啥,谁给钱多给谁干。干这行,潇洒着呢。有时候,北京人打牌缺个人,会让老孟补个"三缺一"。

要不是农村老家电话催得急,他绝不会回来伺候老父亲。

老父亲得的是半身不遂。有这个病的人和亲属都知道,这可是很缠人的一种病,护理者一天到晚不得闲,因为患者的生活不能自理。老孟护理老父亲,可谓费尽心机,把在北京学的本事都

用上了。老孟再孝敬,也有生闷气的时候。那是老父亲让他生的闷气。老父亲犯起迷糊来,什么东西都砸,什么脏东西都往身上抹。气得老孟只能生闷气。生闷气,也没地方哭诉。别人都在笑。连村上死个人,都在笑呢,用响器嚎上三天三夜,女演员还又蹦又跳。

一来二去的,老孟就想到了离家出走。

可是,到哪里去呢?

还是去北京。

是的,还是去医院当护工。每个月,不少于六千。

有了这个想法,老孟很亢奋。

老爹怎么办呢?

也给他找个男保姆。不,找两个男保姆。每人每月一千块钱。对,就这么干。在农村乡下,每个月挣一千块钱,会争破头的。自己呢,每月才花费两千块钱,雇两个保姆。按自己挣五千块钱算,每个月还能落三千块钱呢。三千,也够了,够在北京吃香的喝辣的了。

想好了,老孟买了车票,又进京了。

一到北京,他就扎到了大医院。北京的大医院,人多,钱也多。

得闲的时候,老孟就胡思乱想,啥时候,让北京人给自己打工呢?

干满一个月,老孟拿到了五千块钱。他蘸着唾沫,数好了两个一千,打到了两个在老家护理他老父亲的保姆的卡上。第二天,老家的一个保姆给他打电话了,要他回家一趟,说他老父亲快不中了。

老孟连夜坐上了火车。

老父亲还活着。老父亲气喘吁吁地说,儿呀……你给他俩钱了……一人给一千?不中啊……给得太多了……我要你回来……伺候我。

老孟急了,怎么和老爹说呢?

又过了三天,老父亲的病竟见好了,能下地活动了。

老孟又有了想法,还是回北京去。

他向两个保姆做了交代。

老孟又进京了。这次,他像换了个人,不但换了衣服,还换了手机号。他决定,让老家的人找不到他。当然,只要他愿意,他可以找到老家的人。

当下,老孟只有一个想法,那就是挣大钱,快挣钱,多挣钱,让自己富起来。有多富?老孟也不知道。他只知道,原先,那个让北京人给自己打工的想法,很荒谬,纯属无稽之谈,根本就实现不了。

老孟变得更寡淡了,只是一个劲地干活儿。

其实,老孟的心里,充满着对都市生活的刻骨仇恨。

老人商店

毫无疑问,我们进入了老龄社会。媒体中,关于老人的话题,不绝于耳。因此,开设一家老人商店的主意,该是个不错的选择。当然,我绝不会把老人商店办成一个老气横秋的专门为赚几个小钱而敷衍老人的粗陋专卖店。

看我的吧。

可以想见,进出老人商店的顾客多是老年人。每到早上开张的时候,总是有一些老年人溜进来。他们很少买东西,而是东张西望。后来,还抱着从家里带来的东西,问我买不买?真是老小孩儿!我指着那些为老年人设计的雨伞、手杖等生活用品,对老年人说,我这些东西卖给谁去?

老年人顽皮地笑着,你不买我们的,我们也不买你的!

我这里可是老人专卖店。我故作生气地说。当然,我不能驱赶老年人,不管怎么说,他们也是我的顾客。

到你这儿来,聚聚人气儿,不行吗?

我无话可说。这些老年人,把我这儿当成老年俱乐部了。也罢,随他们去吧。开商店需要人气儿,需要气场。

好在,到我这儿来的老年人,并不打牌,也不下棋,他们只是见见面,说说闲话。最常见的话题是,你还活着?活着。活着好啊。过去是挣钱为了活着,现在是活着为了挣钱。退休了,多活一天,多挣一百多块呢。

我忍不住大笑。这些老年人,真是可爱。

老年人真的把这里当成了人生路上的驿站,交流着各种社会新闻,以及他们关注的信息。比如,谁谁谁,昨天还好好的,今天早上就穿不上鞋了,去火葬场烤火了。

每逢听到这个,我就禁不住鼻子发酸。

我得改变老年人的想法。或者说,我得让老年人按我的想法活着。我注意到,他们拿来的那些东西,很多都是新的,刚开封的。不用问,那是儿女孝敬他们的礼物。老年人拿着这些东西上我这里来,是想以物易物的,反正,自己用不着了,能换点什么也好。我知道，人活到一定岁数，就开始过减法了，经常会处理一些东西。

在商言商。我决定，收下老年人的这些物品，并付给他们等值的价钱。这些物品，我有把握能卖出去。因为，总有一些年轻人，从我这里淘走想要的东西。

我这家老人商店很火。老年人源源不断地搬来他们不用的东西，临走的时候，兴高采烈地揣着应得的钞票。

突然有一天，一位叫老马的老年人宣布，他拿来的物品，不再要钞票了，条件是，我必须给他们讲课，哪怕是念报纸也行。当然，要谈论老年人的话题。

我拟定了一百名研究社会问题的专家名单。他们对老年人的话题很感兴趣。这些专家都愿意和老年人对话，表示分文不取。

每逢专家开讲的时候，会堂里总是座无虚席。

我不可能在老人商店举办讲座，社会上有欢迎他们的地方。是的，那些去听讲座的老人，都知道老人商店。他们常到我这里来，坐坐，或聊聊天。

他们要吃

每次，老杨回老家，都要接受吃请。请他的是"娘家舅的兄弟"。这位亲戚，比老杨小十多岁呢。可是，老杨得喊他"舅"。

在农村,只要人家比你辈大,萝卜长在背(辈)上,吐个唾沫就是颗钉,你就得服从,尽管人家比你岁数小。老杨只有老老实实地喊人家一声"舅",然后入席。老杨当然知道,这门亲戚离自己很远。可是,怎么说呢?说什么呢?

要说,老杨没少帮这位亲戚的忙。在计划经济时代,这位亲戚没少往省会城市跑。一来就找老杨帮忙,什么柴油、柴油机上的配件等等,老杨都给他弄过。这些东西很不好弄。但老杨还是剜门子盗眼给他弄来了。也许,正是因为这个,亲戚们才高看他一眼。不管怎么说,老杨是个脸朝外的人,是个在省会城市吃商品粮的人。

那时候,他经常自己乘坐长途汽车回家。

说实在的,人家每次宴请他,他都很为难。当然,酒也不是什么好酒,菜也没放多少油。可是,乡亲们围着他,让他很难为情。尤其是,小孩子们一个个赤肚(光屁股)上不了桌,让他不忍动筷子。何况,每次请他一个人,作陪的有八九个人,更让他觉得不是那么回事。要不是本村的老书记劝他,他真想打退堂鼓。老书记是这么劝他的:"你不吃,人家会不高兴的。因为,他们要吃,你不吃,人家怎么吃?!"

老杨似是而非。

他就揣着明白,装着糊涂,参加了"娘家舅的兄弟"主持的饭局。每次都喝得大醉。他心里牢记着书记的话,是人家要吃的,人家要吃,总要找个理由吧?

老杨帮助乡亲们打理柴油机,帮了十多年。

后来,老杨听到了一段关于找借口吃的相声,由衷地大笑。

不知从什么时候起,老杨发现,人家不再请他吃桌了,而是改给他拿土特产了。什么红薯、香油、粉条、绿豆、花生、玉米,甚至芝麻叶,都给他拿,让他回去后下面条吃。老杨这时候已当上了管车的主任,人们一个劲地往他带去的小车里塞。他那位"娘家舅的兄弟"倒也坦言:"乡下酒,也没什么好酒!别喝坏了身体。这年头,保健养生是第一位的!看看我给您拿这些东西,哪一样不是绿色环保型食品!"

话虽这么说,但是老杨还是希望和大家一起坐坐。可是,没人让他坐。也怪老杨自己,把时间卡得太紧,来去匆匆。这也是没办法的事。因为,老杨是带车来的,就得从时间上抓紧。不比从前,自己坐长途汽车。

那就在家里宴请众乡亲。可是,每次到省会城市来的人,都凑不齐。他想见的人,不是这个有事不在,就是那个外出来不了。

老杨就忧心忡忡的,茶饭不香,睡觉也不香。

还是老伴儿看出了端倪。有一天,老伴儿建议他回老家看看,散散心。

说走就走,老杨扯上老伴儿,上了长途汽车。一路上,望着青山绿水,老杨很是惬意。他竟哼起了小曲儿。

到家第二天,老杨去拜访本村下了台的老书记。老书记说:"你回来,准备摆桌的?告诉你,有的人,已经殁了,到地下吃饭去了,作古了。"

老杨唏嘘有声,忍不住鼻子发酸,落下泪来。

听了老书记的话,老杨的心里,好不郁闷。

老杨决定,不再请"娘家舅的兄弟"吃饭了。次日一早,他和老伴儿回了城里。

让老杨想不到的是,他中午刚到家,"娘家舅的兄弟"下午就过来了。一来就说,要请老杨吃饭。又告诉他:"我只身来省城好多天了。我看上了一家饭店,仔细核算过了,我把它盘下来了。"

当晚,老杨醉了,喝了许多酒。

更多的细节,他记不起来了。

最大的愿望

安泰最大的愿望是,让一切挂有医疗机构的牌子销号。

这个想法的核心是,让那些不知医院大门朝哪儿开的健康者,为人们普及健康知识。当然,人吃五谷杂粮,有时会感到身体不适或疼痛。怎么办呢?就让健康者领着人们走进厨房,用"药食同源"的理论,解决一切问题。在远古时代,没有医生,人们就用这个法子,活了过来。总之,安泰就是要让人们远离医院,看着医生大把大把地数钱,他心痛。

当然,他得先去医院调研。没有调查研究,就没有发言权。他得提供真实的数据,用数据说话。

医生看见他来了,很是高兴。医生早把他的名字,压到了玻璃底下。

"我不是来看病的。"安泰对医生说。

"你不是来看病的?那你到医院干什么?"医生冷冰冰地问,不等他回答,就让他躺到了铁床上。

安泰就躺到了铁床上。他心想,也罢,看看医生怎么折磨人的。

医生按了按安泰的肚皮,嘴里嘟哝了一句。医生兜里的手机响了,开始接手机。然后,医生坐下,摸出笔来,往纸上写字。医生头也不抬,让安泰从铁床上下来。

医生递给安泰一些写好了的纸,说:"先去化验吧!"接着,又问了他的联系电话。

安泰拿着医生开具的化验单,有些丈二和尚摸不着头脑。

先去划价。

经过划价,安泰明白,要交两千多块钱。

安泰当然不会去交钱。

他又挂了一个号,专家号。

见到专家,他啥话也不说,伸出一只胳膊,让专家给他号脉。

专家二话不说,开出一堆化验单,要他先去化验。当然,专家没忘记问他的联系电话。

走出专家诊室,安泰看了看专家开具的化验单,和先前那位医生开具的一模一样。当然,安泰也没有去交钱。

有这些单子足够了。安泰将医生和专家开具的单子放到了一起,回了家。

刚到家不一会儿,妻子也回来了。妻子问他:"你今天去医院了?"

安泰一愣:"你怎么知道?"

妻子笑道:"医院打电话问了。你怎么没化验呢?"

他"哦"了一声,这才明白,医生和专家向他要电话号码是什么意思。好在,自己急中生智,报上了妻子的手机号,没想到,人家在这儿等着他呢。

妻子看了看那些化验单，从里面挑出几张说："你下午去查一查吧。没有病，人家会让你化验？"

安泰笑了笑，没说什么。

下午，他把自己关在家里，给市政府写议案，就是他的"让医院销号"的议案，列举了自己在医院的亲身见闻。

晚上，他突然肚子疼了起来。妻子埋怨他不该不去医院。后来，妻子把他送到了医院。

一到医院，值班医生就安排他住下了。

第二天，同事们都来看望他，嘘寒又问暖。领导也来看望他，要他把手头上的事情先放一放，治病要紧。

值班医生还喊来了另一个医生，就是昨天给他开化验单的那个医生。两个医生为他做了全面检查，结果是一切指标都正常。值班医生又叫来了昨天那个专家。专家看见是他，就没说话。

他强烈要求出院。

那就出院吧。

只是，肚子有点痛。他给两个志愿者打了手机，让他们过来。志愿者都是健康者，也是他的追求者。

志愿者很快就来了，他们问了问情况，然后，就走进了厨房，洗了一根萝卜，为他熬制了萝卜汤。

喝了萝卜汤之后，他"咚咚"地放了两个响屁，很快就入睡了。

一夜无话。

第三天上午，他带着写好的议案，走进了市政府办公大楼。

正遇上本单位的领导来签字。领导吃惊地问："咦，你怎么从医院跑出来了？"

他告诉领导,自己出院了。

领导不信,问他怎么回事?

他语无伦次地说着。

领导将信将疑,把他塞进了小车。领导指挥着司机,把他直接拉进了医院大门。

领导把他交给了专家。领导说:"给他好好地治一治,我看他病得不轻!"

专家笑了。

专家开出了一堆化验单让安泰去划价、交钱。

安泰用余光扫了一眼,发现和昨天开具的一模一样。

领导坐着小车走了。

安泰也跑了。

他哪里知道,医院刚刚给他妻子打过电话了,说他病得不轻,要给他彻底治疗。电话里强调说,是单位领导亲自把他送来的,要加强对他的监护。

水煮鸡蛋

苏硕有个问题要向夫人请教。电视上,专家讲,每个健康人,每天最好吃一颗水煮鸡蛋。专家还说,美国的一项研究表明,人血液中的胆固醇,与吃进去的胆固醇没有必然联系。

苏硕想,专家都这么说了,准没错。就吃了一颗。边吃边想,

除了水煮鸡蛋外,一定还有别的什么蛋,如:酒煮鸡蛋、醋煮鸡蛋之类的。

苏硕就将自己的想法对夫人说了。夫人蹬着眼睛说:"扯淡,纯属扯淡。水煮鸡蛋就是水煮鸡蛋,没什么可讨论的。"夫人喜欢说"讨论",而不喜欢说"争论"。显然,夫人不同意苏硕的说法。

苏硕"嘿嘿"地笑。

夫人做饭是很有一套的,朋友们都夸她可以开饭店了。当然,苏硕是不便于和夫人争论什么的。

苏硕并不甘心。于是,他试探着问夫人:"能不能有酒煮鸡蛋、醋煮鸡蛋?"

"笑话,想喝酒了不是?医生不叫你喝!"夫人头也不抬地说。夫人正在剥一颗水煮鸡蛋,"还醋煮鸡蛋呢,亏你想得出来!又吃谁的醋了?"

"我是说,也许熬中药的时候,有这个药呢?"苏硕不服气地争辩。

"好吧,等给你熬中药的时候,我给你弄一颗醋煮鸡蛋!"夫人开玩笑地说。

苏硕不吭声了。

夫人上街买菜去了。

苏硕还在想,除了水煮鸡蛋外,还会有别的方法煮的鸡蛋。不然,专家不会在电视上那么说。

于是,他就上了超市,买来了番茄汁、果酱、可乐、山楂水、橘子液。他要用这些东西来煮鸡蛋,看这些东西,能不能把鸡蛋煮熟?最好,再请个专家给评估一下。

他为自己即将开展的实验兴奋着。

遗憾的是,不知夫人将鸡蛋放哪儿了?导致他做不成实验。等到他从超市买来鸡蛋时,夫人察觉了他的企图。

夫人问:"你想干什么?"

他回答:"没想干什么。"

夫人咄咄逼人:"没想干什么是想干什么!说!"

他只好老老实实地说:"我就是想看看,除了水煮鸡蛋之外,还有没有别的方法能煮熟鸡蛋!"

夫人知道他的脾气,认准的事,非要头撞南墙。夫人连说"好好好",还做出了"请自便"的手势,又把酒和醋推到了他面前。

苏硕冲进了厨房,打开了燃气灶。

他先向锅里倒了白酒。他要做个"酒煮鸡蛋"尝尝。可惜,锅却着火了。酒锅里,里里外外都是火。鸡蛋都烧焦了。

"酒煮鸡蛋"宣告失败。

他又开始了"醋煮鸡蛋"的实验。很快,醋烧没了,只有鸡蛋皮的煳味。闻起来,更像鸡屎味。

夫人在一旁冷眼相观。

接下来,他又用番茄汁、果酱、可乐、山楂水、橘子液分别做了实验,也就是分别把这些东西和鸡蛋放一块煮。结果表明,它们都能将鸡蛋煮熟,只是味道不同而已。

味道很怪。

苏硕兴冲冲地找食品专家去了。

他没想到,食品专家会当众给他浇一盆冷水。食品专家说:"让你吃一颗水煮鸡蛋,水煮就是了。"

他气得不行。

夫人也在"咯咯"地笑他:"真是脱裤子放屁!"

超市却看出了卖点,聘请他为"美食顾问"。超市经理说:"许多美味就是这么发明的,比如:啤酒和虾。那碰撞出来的味道,美啊。我们需要用聪明才智创造生活。我们的生活将变得更美丽!"

在苏硕的指导下,超市做了各类煮鸡蛋。每天,都有不少的红男绿女蜂拥而至,点名要吃煮鸡蛋。

苏硕忙得不可开交。

但是,他不吃超市的煮鸡蛋,他只吃夫人的"水煮鸡蛋",每天都吃,一天不拉。

有人问他,为什么这样?

他笑笑,笑而不答。